Knowledge of Magic X / Secret of Magic V / Status effect attack Ⅷ /
Hiding signs Ⅲ / Detecting signs Ⅱ / Stealthy steps Ⅰ /
HP Enhancement large / MP Enhancement large / MP Saving large /
MP Recovery speed Enhancement large / Magic Boost / Fast chanting /
gic Ⅷ / Wind Magic Ⅷ / Ground Magic Ⅷ /
gic V / Poison ineffective / Paralysis ineffective /
Resistance large / Freeze Resistance large /
Throwing / Clairvoyance / Diving Ⅵ /
/ Frozen earth / Ice pillar / Frost zone

U0073901

Hinata's STATUS
Lv76 HP 180/180 MP 450/450
[STR 20] [VIT 40] [AGI 40] [DEX 65] [INT 120]

怕痛的我，把防禦力點滿就對了

夕蜜柑

[插畫] 狐印

14

Welcome to
"NewWorld Online".

Kadokawa Fantastic Novels

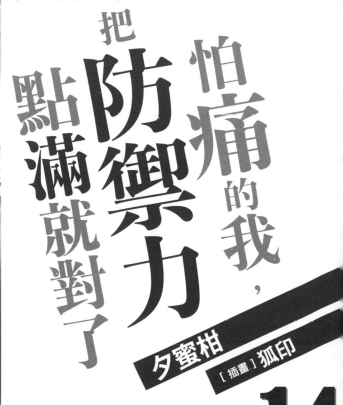

Kadokawa Fantastic Novels
怕痛的我，
把防禦力點滿就對了
夕蜜柑
［插畫］狐印
All points are
divided to VIT.
Because a
painful one isn't liked.
14
雛田
Hinata's STATUS
Lv76
HP 180/180
MP 450/450
[STR 20]
[VIT 40]
[AGI 40]
[DEX 65]
[INT 120]
Welcome to

「往中央進攻！」

「嗯！我準備好了！」
在出擊號令之下——

「【雷神之鎚】！」
「【黎明】！」

CONTENTS

All points are divided to VIT.
Because
a painful one isn't liked.

0850 1048 4070 7603

NewWorld Online STATUS

GUILD 大楓樹

NAME 梅普露 Maple

LV 74

HP 200/200 MP 22/22

PROFILE

最強最硬的塔盾玩家

雖然是遊戲新手，卻因為全點防禦力而成了幾乎能無傷抵擋所有攻擊的最硬塔盾玩家。個性純真，能從任何角落找出樂趣，經常因為思想太跳躍而嚇傻身邊的人。戰鬥時不僅能使各種攻擊形同無物，還會打出各式各樣強力無比的反擊。

STATUS

STR 000 VIT 20430 AGI 000

DEX 000 INT 000

EQUIPMENT

- 新月 skill 毒龍
- 闇夜倒影 skill 暴食 / 水底的引誘
- 黑薔薇甲 skill 流滲的混沌
- 感情的橋梁
- 強韌戒指
- 生命戒指

SKILL

盾擊 步法 格擋 冥想 嘲諷 鼓舞 沉重身軀

低階HP強化 低階MP強化 深綠的護祐

塔盾熟練Ⅹ 衝鋒掩護Ⅵ 掩護 抵禦穿透 反擊 快速換裝

絕對防禦 殘虐無道 以小搏大 毒龍吞噬者 炸彈吞噬者 綿羊吞噬者

不屈衛士 念力 要塞 獻身慈愛 機械神 蠱毒咒法 凍結大地

百鬼夜行Ⅰ 天王寶座 冥界之緣 結晶化 大噴火 不壞之盾 反轉重生 操地術Ⅱ

至魔之巔 救濟的殘光 重生之闇

TAME MONSTER

Name 糖漿 防禦力極高的龜型怪物

巨大化 精靈砲 大自然 etc.

points are divided to VIT. Because a painful one isn't liked

Welcome to "NewWorld Online"

6892 1179 0606 0847

NewWorld Online STATUS

GUILD **大楓樹**

NAME **莎莉** Sally

LV **77**

HP 32/32　MP 130/130

PROFILE

絕對迴避的暗殺者

梅普露的死黨兼夥伴，做事實事求是。很照顧朋友，不忘和梅普露一起享受遊戲。採取輕裝配雙匕首的戰鬥風格，憑藉驚人專注力與個人技術閃躲各種攻擊。

STATUS

STR 150　VIT 000　AGI 190

DEX 045　INT 060

EQUIPMENT

- 深海匕首
- 水底匕首
- 水面圍巾 skill 幻影
- 大海風衣 skill 大海
- 大海衣褲
- 死人腳 skill 步入黃泉
- 感情的橋梁

SKILL

疾風斬　破防　鼓舞

倒地追擊　猛力攻擊　替位攻擊　精準攻擊

快速連刺Ⅴ　體術Ⅷ　火魔法Ⅲ　水魔法Ⅲ　風魔法Ⅲ　土魔法Ⅲ　闇魔法Ⅲ　光魔法Ⅲ

高階肌力強化　高階連擊強化

高階MP強化　高階MP減免　高階MP恢復速度強化　低階抗毒　低階採集速度強化

匕首熟練Ⅹ　魔法熟練Ⅲ　匕首精髓Ⅴ

異常狀態攻擊Ⅷ　斷絕氣息Ⅲ　偵測敵人Ⅱ　躡步Ⅰ　跳躍Ⅴ　快速換裝

烹飪Ⅰ　釣魚　游泳Ⅹ　潛水Ⅹ　剃毛

超加速　古代之海　追刃　博而不精　劍舞　金蟬脫殼　操絲手Ⅹ　冰柱　冰凍領域

冥界之緣　大噴火　操水術Ⅶ　替身術

TAME MONSTER

Name **朧**　能以豐富技能擾亂敵人的狐型怪物

瞬影　影分身　束縛結界　etc.

are divided to VIT. Because a painful one isn't liked

Welcome to "NewWorld Online"

0557 4654 3729 1094

NewWorld Online STATUS GUILD 大楓樹

NAME 克羅姆 Kuromu LV 92

HP 940/940 MP 52/52

PROFILE

不屈不撓的殭屍坦

NewWorld Online的知名高等老玩家，是個很照顧人的大哥哥。和梅普露一樣是塔盾玩家，身上的特殊裝備使他無論遭遇何種攻擊都能以50%機率留下1HP，並具有多種補血技能，能極為頑強地維持戰線。

STATUS

STR 145 VIT 200 AGI 040

DEX 030 INT 020

EQUIPMENT

斷頭刀 skill 生命吞噬者

怨靈之牆 skill 吸魂

染血骷髏 skill 靈魂吞噬者

染血白甲 skill 非死即生

頑強戒指 鐵壁戒指

感情的橋梁

SKILL

「突刺」「屬性劍」「盾擊」「步法」「格擋」「大防禦」「嘲諷」

「鐵壁姿態」

「護壁」「鋼鐵身軀」「沉重身軀」「守護者」

「高階HP強化」「高階HP恢復速度強化」「高階MP強化」「深綠的護祐」

「塔盾熟練X」「防禦熟練X」「衝鋒掩護X」「掩護」「抵禦穿透」「群體掩護」「反擊」

「防禦靈氣」「防禦陣形」「守護之力」「塔盾精髓X」「防禦精髓X」

「毒免疫」「麻痺免疫」「暈眩免疫」「睡眠免疫」「冰凍免疫」「高階燃燒抗性」

「挖掘Ⅳ」「採集Ⅶ」「剃毛」「游泳Ⅴ」「潛水Ⅴ」

「精靈聖光」「不屈衛士」「戰地自癒」「死靈淤泥」「結晶化」「活性化」

TAME MONSTER

Name 涅庫羅 穿在身上才能發揮價值的鎧甲型怪物

「幽鎧裝甲」「反射衝擊」 etc.

ll points are divided to VIT. Because a painful one isn't like

Welcome to "NewWorld Online"

1121 6511 1627 4925

NewWorld Online STATUS GUILD 大楓樹

NAME 伊茲 Iz

Lv 76

HP 100/100 MP 100/100

PROFILE

超一流工匠

對製作道具有強烈執著，並引以為傲的生產特化型玩家。在遊戲世界能隨心所欲製造各種服裝、武器、鎧甲或道具，是這款遊戲對她而言最大的魅力。雖然平時會盡可能避免戰鬥，最近也經常以道具提供支援或直接攻擊。

STATUS

STR 045 VIT 020 AGI 105

DEX 210 INT 085

EQUIPMENT

- 鐵匠鎚・X
- 鍊金術士護目鏡 skill 搞怪鍊金術
- 鍊金術士風衣 skill 魔法工坊
- 鐵匠束褲・X
- 鍊金術士靴 skill 新境界
- 藥水包
- 腰包
- 感情的橋梁

SKILL

「打擊」「廣域散布」

「製造熟練X」「工匠精髓X」

「高階強化成功率強化」「高階採集速度強化」「高階挖掘速度強化」

「高階增加產量」「高階生產速度強化」

「異常狀態攻擊Ⅲ」「躡步Ⅴ」「望遠」

「鍛造X」「裁縫X」「栽培X」「調配X」「加工X」「烹飪X」「挖掘X」「採集X」「游泳X」「潛水X」

「剝毛」

「鍛造神的護祐X」「洞察」「附加特性Ⅶ」「植物學」「礦物學」

TAME MONSTER

Name 菲　幫助製作道具的小精靈

「道具強化」「再利用」 etc.

l points are divided to VIT. Because a painful one isn't liked

Welcome to "NewWorld Online"

2128 0779 2864 5999

NewWorld Online STATUS

GUILD **大楓樹**

NAME **霞** Kasumi

LV **88**

HP 435/435 MP 70/70

PROFILE

孤絕的舞劍士

善用武士刀，是實力高強的單打型女性玩家。個性沉著，時常退一步觀察狀況，但梅普露＆莎莉這對破格拍檔還是會讓她錯愕得腦筋短路。擅長以變化自如的刀技應付各種戰局。

STATUS

STR 210 VIT 080 AGI 120

DEX 030 INT 030

EQUIPMENT

蝕身妖刀・紫 / 櫻色髮夾

櫻色和服 / 靛紫袴裙 / 武士脛甲

武士手甲 / 金腰帶扣

感情的橋梁 / 櫻花徽章

SKILL

【一閃】【破盔斬】【崩防】【掃退】【立判】【鼓舞】【攻擊姿態】

【刀術Ⅹ】【一刀兩斷】【投擲】【威力靈氣】【破鎧斬】【高階HP強化】

【中階MP強化】【高階攻擊強化】【毒免疫】【麻痺免疫】【高階暈眩抗性】【高階睡眠抗性】

【中階冰凍抗性】【高階燃燒抗性】

【長劍熟練Ⅹ】【武士刀熟練Ⅹ】【長劍精髓Ⅷ】【武士刀精髓Ⅸ】

【挖掘Ⅳ】【採集Ⅵ】【潛水Ⅷ】【游泳Ⅷ】【跳躍Ⅶ】【剃毛】

【望遠】【不屈】【劍氣】【勇猛】【怪力】【超加速】【常在戰場】【戰場修羅】【心眼】

TAME MONSTER

Name **小白** 擅長藉濃霧偷襲的白蛇

【超巨大化】【麻痺毒】 etc.

ll points are divided to VIT. Because a painful one isn't like

Welcome to "NewWorld Online"

3030 8825 2743 3535

NewWorld Online STATUS

GUILD 大楓樹

NAME 奏 Kanade

LV 66

HP 335/335 MP 250/250

PROFILE

難以捉摸的天才魔法師

具有中性外表和卓越記憶力的天才玩家。雖然擁有這樣的頭腦讓他平時避免與人接觸，但遇到純真的梅普露之後很快就和她打成一片。能夠事先將魔法製成魔導書存放起來，有需要再拿出來用。

STATUS

STR 015 VIT 010 AGI 125

DEX 080 INT 205

EQUIPMENT

諸神的睿智 skill 神界書庫

方塊報童帽・X

智慧外套・X 智慧束褲・X

智慧之靴・X

黑桃耳環

魔導士手套 感情的橋梁

SKILL

「魔法熟練Ⅷ」「快速施法」

「高階MP強化」「高階MP減免」「高階MP恢復速度強化」「高階魔法威力強化」「深綠的護祐」

「火魔法Ⅶ」「水魔法Ⅵ」「風魔法Ⅹ」「土魔法Ⅴ」「闇魔法Ⅲ」「光魔法Ⅷ」「游泳Ⅴ」「潛水Ⅴ」

「魔導書庫」「技能書庫」「死靈淤泥」

「魔法融合」

TAME MONSTER

Name 湊 能複製玩家能力的史萊姆

「擬態」「分裂」 etc.

points are divided to VIT. Because a painful one isn't liked

Welcome to "NewWorld Online"

5615 1896 1080 8803

NewWorld Online STATUS

GUILD **大楓樹**

NAME **麻衣** Mai

Lv **60**

HP 35/35 MP 20/20

PROFILE

孿生侵略者

梅普露所發掘的全點攻擊力新手玩家，結衣的雙胞胎姊姊。總是努力想彌補缺點，好幫上大家的忙。擁有遊戲內最頂級的攻擊力，近距離的敵人會被她們的雙持巨鎚砸個粉碎。

STATUS

[STR] 530 [VIT] 000 [AGI] 000

[DEX] 000 [INT] 000

EQUIPMENT

- 破壞黑鎚・X
- 黑色娃娃洋裝・X
- 黑色娃娃褲襪・X
- 黑色娃娃鞋・X
- 小蝴蝶結
- 絲質手套
- 感情的橋梁

SKILL

「雙重搥打」「雙重衝擊」「雙重打擊」

「高階攻擊強化」「巨鎚熟練X」「巨鎚精髓I」

「投擲」「遠擊」

「侵略者」「破壞王」「以小搏大」「決戰態勢」「巨人雄威」

TAME MONSTER

Name **月見** 有一身亮眼黑毛的熊型怪物

「力量平分」「星耀」 etc.

5272 0557 2241 2738

NewWorld Online STATUS

GUILD **大楓樹**

NAME **結衣** Yui

LV **60**

HP 35/35 MP 20/20

PROFILE

孿生破壞王

梅普露所發掘的全點攻擊力新手玩家，麻衣的雙胞胎妹妹。個性比麻衣更積極，更容易振作。擁有遊戲內最頂級的攻擊力，遠距離的敵人會被伊茲為她們製作的鐵球砸個粉碎。

STATUS

STR 530 VIT 000 AGI 000

DEX 000 INT 000

EQUIPMENT

- 破壞白鎚・X
- 白色娃娃洋裝・X
- 白色娃娃褲襪・X
- 白色娃娃鞋・X
- 小蝴蝶結
- 絲質手套
- 感情的橋梁

SKILL

「雙重搥打」「雙重衝擊」「雙重打擊」

「高階攻擊強化」「巨鎚熟練X」「巨鎚精髓Ⅰ」

「投擲」「遠擊」

「侵略者」「破壞王」「以小搏大」「決戰態勢」「巨人雄威」

TAME MONSTER

Name 雪見　有一身亮眼白毛的熊型怪物

「力量平分」「星耀」 etc.

points are divided to VIT. Because a painful one isn't liked

Welcome to "NewWorld Online"

序章

ＰＶＰ引起眾人關注，經過很長一段準備期後，活動終於開始。

這次活動，是一場所有玩家分成兩邊陣營的大規模戰鬥。

上次的正式ＰＶＰ是第四次活動的事，絕大多數玩家都比當時強化了許多倍，而梅普露幾個也不例外。

他們與成為可靠戰友的【聖劍集結】擬定各種作戰計畫，推演取勝的最佳策略。推演中少不了的假想敵，當然就是已經發布敵對宣言的【thunder storm】，以及扮演輔助角色的【Rapid Fire】。薇爾貝和雛田在集團戰上占優勢，莉莉和威爾巴特則因為具有優異的搜敵能力與召喚能力，人數多寡都能兼顧。在眾多公會中戰力特別卓越的這四人，是最需要警戒的對象。

然後是梅普露到最後都沒能成功招攬的【炎帝之國】。在這場不到活動開始不知道誰是哪一邊的活動裡，一旦這個大型公會加入敵國，和【thunder storm】的兩人配合起來，在集團戰上的強度肯定是三級跳。

因此，【聖劍集結】和【大楓樹】聯軍這次的戰略方向，即是盡可能避免集團混

戰，穩穩占據小群體戰鬥的優勢，以保護【大楓樹】人數少的弱點。

然而事先擬定的策略總是有其限度。除同盟【聖劍集結】外，己方陣營還有許多其他公會。重點是戰場上如何與身邊的玩家合作。

為達成這次活動的勝利條件——碰觸敵方王座，【大楓樹】和【聖劍集結】都會拿出自己最好的表現。

第一章　防禦特化與箭雨

包圍梅普露幾個的光輝淡去後，他們已離開公會基地，來到城鎮中央的廣場。但這裡其實不是真正的第九階城鎮，而是用來當活動場地的副本。同樣傳送過來的其他玩家們紛紛東張西望，查看自己的戰友有些什麼人。有的歡呼，有的失望，反應各式各樣。

梅普露這邊選擇的是火焰與荒地的國度。忽然間，空中有個黑影吹散遍布城中的裝飾性噴火，降落下來。

「喔喔，來了不少人嘛！歡迎各位！」

那面帶高傲笑容懸浮於半空中的，即是這國家的國王，龍翼龍尾十分醒目。

「都知道規則吧？城裡到處都有我的士兵，能用的都儘管拿去用。就算只是旅客，我也希望你們能奮勇抗敵。」

兩國距離很近，以速度為武器的玩家不用多少時間就能衝到對面去。要是輕忽了，恐怕會讓對方一口氣兵臨城下。

「我當然也會上場。注意頭頂，不要被我掃到啦。」

國王說完提升高度，全身散發黑光，不久由內迸裂，化為巨大黑龍一飛沖天。

天空也在這一刻浮現活動開始的告示，玩家終於能自由行動。

看來每個公會都各自備有策略，大夥爭先恐後地往城牆外或城堡裡的目的地衝，不想浪費任何時間。

「這裡太混亂，我們先離遠一點吧。」

「也好！」

梅普露聽莎莉的建議，決定帶著【大楓樹】成員稍微離開廣場，找個能安靜說話的地方。動身之前，她先到處看了看，尋找某位玩家。

而對方似乎也是這麼想，很快就與她要找的培因對上眼睛。

培因對公會成員下幾個指示，再跟芙蕾德麗卡說幾句話，她便跑了過來。

「我們順利會合了呢～我負責聯絡，請多指教～」

「嗯！請多指教！」

「這次活動啊，就算沒跟你們組隊也吃得到【獻身慈愛】的樣子，超放心的啦～」

芙蕾德麗卡能藉魔寵音符的能力與玩家靈活聯絡，所以負責在【大楓樹】與【聖劍集結】之間傳話。

在她加入後，梅普露幾個就此離開廣場。

一行人找了個安靜的地點，由芙蕾德麗卡先發話。

「那麼～【大楓樹】有什麼打算？」

「先觀察情況！……沒錯吧？」

「沒錯喔，梅普露。」

「什麼嘛～怎麼不馬上殺出去～」

「梅普露比較適合等對面上門，而且以這次規則來說，到人多的地方去比較強嘛。」

這次【獻身慈愛】對範圍內所有己方玩家都有效，所以在容易發生密集戰鬥的地方效益特別高。

「而且，剛開始需要看看對方怎麼出招。培因也是這樣嗎？」

芙蕾德麗卡對發問的克羅姆點點頭。

這次活動有兩種勝利條件。

其中之一是碰到敵方陣營的王座，這比什麼都更需要提防。

「現在能騎魔寵飛～這次活動還有特殊道具能用嘛～」

只要利用能夠暫時操縱怪物的道具，任誰都能躍過高牆直飛城堡。若對方戰力集中過去，己方防衛不及，一瞬間就會輸掉這場活動。

「就我在廣場上看來，我們比較警戒的公會好像都不是這邊的。」

「都沒看到【炎帝之國】的人……」

「可能真的在對面吧。」

梅普露幾個是猜想蜜伊所率領的【炎帝之國】會因為不利於攻擊流水與自然之國的怪物而選擇這邊，結果似乎是猜錯了。

「我也有看，沒看到【thunder storm】跟【Rapid Fire】的人。」

「奏都這麼說了，肯定沒錯吧。」

擁有超強觀察力和記憶力的奏當然也記得玩家長相。既然當時沒看到那些公會的成員，就該視為已經加入敵營才對。

要是蜜伊用伊葛妮絲載那些公會的頂尖玩家殺進來，究竟能否擋下攻勢，梅普露也不敢打包票。所以起初要觀察狀況，猜測對方企圖。

「其實對面也一樣，不敢隨便有大動作吧。」

「就是啊～那就先慢慢觀察一下，看哪裡好贏或危險就過去打吧～」

「嗯！加油！」

【大楓樹】人數雖少，能力卻十分超群，採取打小規模游擊戰，將局勢慢慢推向有利的方向。

在這場不許死亡的活動裡，小勝利累積多了，相信能造成巨大的影響。

於是梅普露幾個決定一邊重新查看莎莉製作的情報地圖，一邊注意空中是否有敵軍來襲。

下一步便是占個好位置，於是一行人登上城牆。

距離這麼近，梅普露自爆武器都能直接飛進城堡裡。

速度比自爆飛行快的魔寵並不多，只要守城堡的玩家能多稍微爭取一點時間，應該都趕得回來。

「音符，麻煩嘍～」

來到牆頂後，芙蕾德麗卡環視四周，叫出音符。

敵方玩家仍未接近，在動的只有野外的怪物，和以塔盾玩家為首擺陣，看樣子是專事防守的己方玩家。

「音符，【聲納】！」

窩在芙蕾德麗卡頭上的音符尖聲一叫，然後有漣漪狀特效以牠為中心向四周擴散。

「沒有敵蹤！是啦～現在還這麼早，不用那麼緊張吧～？」

「喔～真方便。是個搜敵好技能呢。」

「哼哼哼，這個技能連隱形的人都抓得出來，棒得很喔～甚至莎莉的【幻影】都看得破呢～」

「這我在決鬥裡體驗過了。」

「不過這有冷卻時間，以後我只會在有可疑行動的時候用喔～」

芙蕾德麗卡說完往下望去，對擺陣的玩家喊話。

讓下方玩家知道她從這裡也能放強化法術是很重要的事。只要知道後面有人會放強力防護，行動起來就能更積極。

「我們先在這裡戒備一陣子，然後再照預定出擊吧。」

聽莎莉這麼說，克羅姆和霞都點頭同意。擅長陣地戰的五人要和第四次活動一樣進行基本防禦，另三人負責削減敵方玩家數量。有霞和莎莉在，火力是十分充足，有克羅姆在，防禦也不成問題。

由於梅普露能用自爆飛行無視地形與戰況前往支援，基本上都會待在安定的位置。在城牆上隨時可以放心把自己炸上天，在戰鬥中就不一定了。

如果能每個戰場都擺一個梅普露，戰況肯定是極為有利。但這是不可能的，當然要放在最重要的位置。

「那我去幫個忙啊！」

「小心點喔，掛掉了就虧大了。」

「嗯，我會小心不要衝太前面的。」

「莎莉，不要勉強喔～！」

「嗯，我知道，妳自己也小心一點。這次是打玩家，應該都會針對妳的弱點。」

「知道了！我會小心的！」

莎莉輕輕點頭，表示自己不會再犯同樣的失誤，就此和克羅姆跟霞邁向敵陣。

出城後，三人以長袍隱藏身分，並避開正面平地，往地圖邊緣遮蔽物多的森林走。

這裡比開闊處容易遭到伏擊，但對方也是如此。

所以比起勢將成為主戰場的正面平原，只有三人的莎莉幾個更適合這裡。

且既然雙方遭遇伏擊的風險都會提升，優劣勢將視搜敵能力而定。

經驗豐富的莎莉搜敵能力高出一般玩家，又可以用沒有技能特效也不喊技能的方式偷襲，比其他人更難發覺。

克羅姆和霞就是因為信賴她的能力，才會認為進入危險的森林也能占優勢。

另外，就算遇到情勢不利的狀況，他們也準備好了對策。

「……有人，小心一點。」

「ＯＫ。」

「知道了。」

克羅姆和霞即使一點感覺也沒有，也仍相信莎莉的判斷，靜悄悄地跟隨。

潛行一小段路之後，果真從林縫之間見到五個敵方玩家往這前進。

或許是因為這裡是地圖邊緣，就這五個，沒有其他人的蹤影。看來敵方也沒把這裡當成主戰場。

儘管少他們兩個人，只要抓準機會也能一舉殲滅。

然後查看敵情的莎莉表情有些凝重。

「防守有點硬呢……」

五人之中有兩個匕首玩家像是負責搜敵，另外三個都是塔盾玩家。他們向外舉盾，維持隊形小心前進。

很難悄悄接近，更別說先發制人了。

「怎麼辦？應該是不至於沒機會吧。」

「是啊。才五個人，我想我坦得住。」

「……先照計畫行事吧。對方很警戒的樣子，再說搞不好打到一半會有別人來幫。」

「知道了。那妳們跟著我再往前一點。」

「好，不要被發現了。」

三人就此偷偷摸摸地移動到合適的位置。

五人組還沒發現敵人接近，步步為營地向前進。這裡對他們來說也算不上自軍陣地，隨時都可能遇敵，讓人神經兮兮。有盾牌掩護，使他們並不擔心遠距離的魔法攻擊，將注意力放在是否有敵人接近上小心戒備。

寧靜的森林裡沒有敵人的影子，反而覺得空氣特別緊繃。忽然間，一道來自側面的喊聲打破了這樣的寂靜。

「【斷罪聖劍】！」

一聽見這招式，五人錯愕往那方向望去。

只見光之奔流從遠處射來。對於這稍微碰到就不得了的攻擊，塔盾手也只能選擇倉促閃避。所幸稍微偏了一點，五人總算逃過一劫。

當光流退去，五人立刻尋找敵蹤，在遠處發現四個裹著長袍的身影。

其中一人呈現攻擊過後的姿勢，手上是有藍色裝飾的大型劍，明顯是遠超出五人射程外的攻擊。

「那、那把劍！那個招式！」

在渾身發毛的五人決定戰鬥或撤退之前，四人中已有一人開始追擊。

「【神速】。」

聽見這技能，又見到一人消失，五人已能肯定他們遇上了誰。

「是【聖劍集結】！快撤！」

五人不認為自己是對手，急忙在對方殺來之前撤退。

在草木掩護下迅速撤退的五人沒有遭到追擊，戰鬥以單純牽制的方式結束。

「呼……想不到真的這麼好騙。」

「距離夠遠嘛。而且我們又穿長袍，很難分辨身分。」

拿劍的是克羅姆。他讚嘆伊茲仿製的培因佩劍品質之餘，將劍收進道具欄裡。

「很成功耶。」

「是啊，超乎想像地成功。原來如此……這就是【偽裝】啊。」

【斷罪聖劍】是莎莉的【高壓水槍】套用光束攻擊特效偽裝的，克羅姆只是擺出收招架勢而已。

多出來的一人，是將【水牆術】套用朧的【影分身】特效變為人形，【神術】是改變了【超加速】的名稱，再發動朧的【瞬影】偽裝的而已。

「伊茲的變聲器也派上用場了。注意一點的話，其實聲音和身高都不對……」

「因為現在每個人都知道【斷罪聖劍】和【神速】是誰在用的嘛。」

即使覺得細節不對，恐怕沒有別人會用的強烈標誌性也足以掩蓋。一打出來，馬上就能把懷疑轟得煙消雲散。【毒龍】等於梅普露，【炎帝】等於蜜伊，【斷罪聖劍】等於培因等，已是眾所皆知的事實。

當四人裡出現了兩個如此與玩家綁定的技能，那眼前這個團體就不可能不是【聖劍集結】。

「這樣應該也能讓對面以為培因他們到這裡來了。」

「那我們就在援軍淹過來之前快閃吧。」

「打就讓真正的【聖劍集結】來打。」

「「「在反方向打。」」」

三人就這麼在敵方折返之前，離開了這個勢必會受到高度戒備的區域。

持續在城牆上搜尋敵蹤的芙蕾德麗卡接到莎莉的通知，準備動身。

「梅普露～再來就拜託妳啦。」

「嗯！我會努力防守的！」

芙蕾德麗卡將防守工作交給梅普露後，補個強化法術就趕往城鎮另一頭。

以培因、多拉古、絕德為中心的【聖劍集結】成員已經聚在那裡。

「喔！芙蕾德麗卡妳來啦！」

「我接到莎莉的通知了～不曉得她是怎麼弄的～」

若莎莉的通知為真，他們已經營造出【聖劍集結】正從另一頭進攻的假象。

「我們同一國，騙也沒好處。總之，作戰有照計畫在進行就是了吧。」

「實在不曉得她怎麼弄的。又是那個嗎？叫【影分身】什麼的。」

「之前決鬥都沒看過她用類似招式，八成是有新技能了吧～」

「別浪費時間說話了，我們快出發吧。敵方應該會往以為我們在的位置移防，我們要趁戰力集中到那去的時候打它薄弱的地方。」

培因他們知道自己的強大戰力對敵方而言是多大的威脅，移防的戰力肯定是與敵方

情報網的通暢度成正比。準備得愈妥善，莎莉這陷阱的效果就愈大。

「按照計畫，全隊偷偷前進。遇到敵方玩家格殺勿論，不能暴露我們真正的位置。」

集合過來等待指令的公會成員紛紛點頭。在眾人還很怕死，到處都在小探虛實時，【聖劍集結】為先發制人而出城了。

【聖劍集結】在梅普露這方陣營中，可說是最大的戰力。離開了城鎮，守城戰力勢必會大幅下降。

「好，要努力防守喔！」

「「是！」」

梅普露對附近的【大楓樹】成員喊話，並轉向野外，用伊茲提供的高性能雙筒望遠鏡仔細觀察正面的大片平原，但找不到敵人的影子。

「好像真的不會隨便就正面攻過來耶。」

「是啊，還要觀察一陣子情況吧？」

如同莎莉幾個遇見的玩家急著逃命那樣，這次活動死一次就淘汰出局，雙方都不會有太大膽的行動。

目前也沒有人嘗試能穿過防衛網直達城堡的空中路線。即使躲得過地面玩家，有這麼多眼睛在看，對方也知道很容易在抵達城堡之前就被擊墜。

「在哪一方大舉推進之前，應該很難有大型會戰吧。」

「就是說啊～」

照這樣等下去，可想而知，出城的【聖劍集結】衝撞敵陣將會是第一場大型會戰。

「不過看情況，其他人也不是只想乾等喔。」

奏從城牆往下看，能見到幾個公會集合起來，要開始進軍的樣子。

「好多人喔……」

「好像是要開始進攻了……」

那是多個公會的聯軍，聚集的玩家比先行出發的【聖劍集結】還要多。這麼大的陣仗難以隱匿行蹤，造成一場雙方各有傷亡的激烈戰鬥也不奇怪。

「嗯～梅普露，妳先跟他們一起走會比較好喔。既然有那麼多人一口氣動起來，應該比留在這裡更有效果。」

奏的建議很有道理。梅普露留在這待命，是因為起初需要觀察動向，要在對方攻過來時組織最強防線。

但由於不可能所有人都在同一意志下行動，需要臨機應變。

要是突然就死了這麼多玩家，戰況馬上會變得不利。

「莎莉都說妳最好去人多的地方保護大家了嘛。」

「不曉得我走了以後城牆危不危險……」

「哈哈，不用擔心，我也準備了很多。只要妳能趕快用機械神飛回來，要爭取那點時間是沒問題的。」

奏說完就從飄浮書櫃裡取出一本黑壓壓的書，露出信心十足的笑容。

「總之，知道有人能拖時間就好了。麻衣跟結衣都還在這裡，沒問題的啦。」

「加油喔，梅普露姊姊！」

「請務必小心……！」

「妳就放心去吧，這樣反而是我展示道具威力的好時機呢。」

「嗯！那我跟過去看看嘍！」

在可靠公會成員的鼓勵下，梅普露決心出擊，短吁口氣就從城牆上跳下去。

「這樣【聖劍集結】行動起來也會更容易。」

「對呀。」

威脅度高的玩家分布得愈零散，防守起來就愈難。

進攻行為雖有風險，只守不攻不會贏也是事實。要進攻就得有效進攻，減少背負風險的次數。

「那麼，我們來重新檢查能用來防守的設備……然後來幫伊茲裝道具吧。」

「「好！」」

四人也各自進行自己能做的準備，目送梅普露遠去。

◆□◆□◆□◆□◆

回到不久之前。梅普露跳下高高的城牆後，砸出激烈撞擊聲和滾滾沙塵，自然引來一堆以為是敵方奇襲的視線，幾個剛要出擊的公會也停下來回望。

梅普露看到隊伍在追不上之前停頓，也把握機會噠噠噠跑過去。

「你們要出發了嗎？」

「對、對啊，是沒錯。」

「可以讓我跟嗎？我對防禦力很有自信喔！」

聽梅普露這麼說，圍過來的玩家立刻一片譁然。只要是等級夠高，參與過以往活動的玩家，沒有一個沒聽過梅普露的傳說。

既然她願意加入，沒什麼比這更能定心的了。

「那麼……對了，可以請妳待在隊伍中央嗎？因為那個，【獻身慈愛】嘛？」

「好！有需要詳細說明技能嗎？」

「嗯……能說的話當然是比較好。」

今天是戰友，下次活動說不定就是敵人了。對話的男性玩家聽她這麼問，也沒有硬

要她說，但梅普露覺得說了比較安全，便將【獻身慈愛】的弱點公布出來了。

「這樣啊，原來是這種設定……要小心擊退跟穿透攻擊就對了。我會跟對隊上的人說，能請妳待在中間，讓大家都吃到嗎？」

「知道了！」

「……那個黑色方塊是什麼？沒看過。」

男性玩家看著飄浮在她身邊的黑色方塊，覺得又多出怪東西了而忍不住問。

「這是我的新武器！」

「ＯＫ，知道了。有需要就用吧。」

現在知道梅普露技能名稱或大概效果的玩家並不少，不過有些還是得組過隊才知道。事先說明，對她自己也是種保障。

梅普露照指揮官玩家的要求來到隊伍中央，乖巧地對周圍玩家敬禮打招呼。

「請各位多多指教！」

跟著回禮也不少，只是梅普露參戰的消息免不了引起一陣騷動，大家很興奮的樣子。

「我們多了一個可靠的幫手！大膽推進！」

「「「喔喔喔喔！」」」

看似各公會會長在隊伍前頭舉起武器高呼，提振士氣。

全員呼應後，大部隊終於又開始推進。

「哇哇！」

「對、對不起！」

想當然耳，隊伍一動起來，人在中央的梅普露速度太慢，當場就被後面的人撞上。

無論【ＡＧＩ】是否影響移動速度，基本上不會有人完全捨棄。

「真、真的好慢。」

「要拿推車出來嗎？用武器欄位來載她也值得吧。」

「是啊，我剛好有帶，我來推。」

「謝謝……」

梅普露坐上對方拿出的推車，讓人家推。

「這樣啊，要小心不要跑出範圍。」

「是啊。要是一不注意就把她丟在後面，事情就跟想像中不一樣了。」

眾人就這麼注意著梅普露成為隊友以後才知道的問題，不停朝敵陣前進。

儘管這部隊是【大楓樹】的好幾十倍大，活動畢竟才剛開始。

這不是全體玩家總攻擊，從正面平原進軍風險較高。若是遇上小型偵察隊還能靠人數差距一口氣輾過去，若是遇上埋伏，會有很多玩家面臨生命危險。

「開打之前會有信號，到時候就把【獻身慈愛】開起來。」

「好！」

梅普露依然是坐在部隊中央的推車上。人型部隊移動起來已經很難掩飾了，加上特效明顯的【獻身慈愛】會被人遠遠就看見，必須在危險逼近時再用。

現在部隊是走在沒有地形效果的荒地上，前方有敵國地形逐漸浮現，成為滿是巨岩的荒野開始夾雜綠草，岩漿池與冰柱共存的異樣景象。遠處有茂密森林，從那裡就完全是敵國境內了。

緊張逐漸上升當中，部隊躲在事前調查好的巨石後窺探森林的狀況。

從這裡到森林這段路上的遮蔽物很少，這邊人數又多。假如森林有躲人，想接近就會先被他們發現，狀況很不利，所以先在這裡仔細觀察一番。

「……有人！」

一個用望遠鏡注視森林的玩家這麼說，氣氛立刻為之一變。

「森林裡有埋伏嗎？多少人？」

「還不確定……好像才剛布陣的樣子，看起來沒有很多。」

先來到這裡讓他們得以單方面觀察對方狀況，但看不到細節。再看下去，反而容易被敵人發現，不能隨便探頭出去。

現在不是當作有人數優勢冒險突擊，就是等待對方進一步推進。既然一次都不能死，挑肯定有利的狀況小心戰鬥也是當然的。

考慮到活動還有很長一段時間，最好是不損一人就贏得戰鬥。

「該怎麼辦呢……嗯？」

這時原本作戰計畫中不存在的怪物，從指揮官腦袋裡冒出來，回頭又正好與怪物——梅普露對上眼。有她在，事情就不一樣了。

「……必須殺過去。現在有最強的盾，非把握機會不可。」

所有人聽了立刻拿好武器，為即將發生的戰鬥集中精神。

「現在開始說明戰術！」

「……好！」

戰術傳下去以後，大夥排好陣形，跟梅普露一起從巨岩後衝出來。

在流水與自然之國這邊的森林查看前方的部隊，發現大量玩家從巨岩後湧現而表情緊繃，往後方下指示。

「敵人來襲！數量很多，叫支援！」

見到這塔盾手帶頭扛傷害衝鋒的陣仗，他們也要利用地利，在到處是遮蔽物的森林裡用大量魔法迎擊。

可是這似乎已在對方預料之內，周圍忽然湧現大量白煙，遮蔽了視線。

「唔！……全隊預備！」

他們還是奮力擊出魔法，但這點攻擊擋不住對方，舉著塔盾的前鋒衝出煙霧，依序淹沒前方玩家。

然而先占地利還是有優勢，四周風生火起，瞬時加強了他們的攻勢。

「準備防禦！」

「「「【大型魔法屏障】！」」」

用巨大屏障保護己方後，四周頓時化作要燒盡一切的烈焰之海。隨風擴散的火焰變得像龍捲風一樣，穿過敵方前鋒吞噬所有人。

「怎麼樣！啊……！」

一把劍刺出火牆，深深劈開了他的身體。對方頭上的血條一點都沒少，表示有某種免除傷害的技能完美化解了這一擊。

為策略完全失效困惑，化為光點逐漸消滅的過程中，他見到敵方部隊從頭到尾全部平安無事地衝過來。

臨死之前，他才終於注意到混在煙霧與火焰之間的發光地面，以及擁有天使之翼，從後方瞬間移動過來的玩家。

「梅、梅普露……！」

這聲慘叫，很快就消失在怒號、武器互擊與魔法的轟鳴聲裡。

撂倒前鋒的梅普露等人趁勢湧向後方部隊。

「繼續向前衝！別讓他們跑了！」

現在對方的準備碰巧助長了我方攻勢，火焰與煙霧能夠長時間隱藏梅普露的存在，時機大好。

然而對方前鋒所爭取的短暫時間，和事先調查過撤退路線，使他們無法一口氣趕盡殺絕。

「嘖！【ＡＧＩ】ＢＵＦＦ嗎。」

「稍微硬追一下沒關係。先前梅普露都幫我們擋掉了。」

雖然這會離開梅普露的防禦範圍，他們還是想把握優勢，盡可能削減敵方戰力。在梅普露保護下，他們保留了很多資源，沒有比追擊更好的選擇。

而這判斷也果真收得成效，跑得慢的玩家被他們一一擊殺，穿過森林時已經能說是大豐收。

在森林另一邊，追擊部隊在會降低【ＡＧＩ】的冰柱林區域稍微前進幾步查看四周，確定沒有敵方玩家後，收起了武器。

「再深追真的會出事吧。」

「是啊。」

「……各位——！都、都沒事吧——！」

眾人轉向後方的呼喊，見到的是晚一步跟上的魔法師和追著他們跑的梅普露。

「沒事沒事——！」

「幸虧有妳啊。」

「硬到沒道理果然厲害，陷阱都沒在怕。」

現在腳下發光的【獻身慈愛】場域，失去了只限隊友的限制，能保護範圍內所有人。

因而不必使用無敵技能的前鋒，和免去燒傷的後方玩家全都圍過來誇讚梅普露。已經習慣的【大楓樹】不會有這種反應，新鮮的感覺讓嬌小的梅普露抬頭看著大家靦腆地笑。

就在準備收兵時，梅普露的眼睛看見了天上雨點般的紅色光點。

「……有東西來了！」

所有人也隨聲向上望。

只見散發紅光的大量箭矢傾注而來。現在已經難以逃出範圍，魔法師接連張設護壁，但護壁全被箭矢粉碎，速度絲毫不減地往他們射來。

「往梅普露集合！」

當所有人都進入【獻身慈愛】範圍後，梅普露忽然想起莎莉的話。

那就是對方都是玩家。已經接到消息還打過來，就表示這是明知梅普露會發動【獻身慈愛】而做的攻擊。那麼這場攻擊一定有問題。

「抵、【抵禦穿透】！」

感覺有危險就要用。梅普露按照和莎莉討論的戰術，抵擋可能的穿透攻擊。

威爾巴特在遠方冰柱上觀察自己射出的箭雨，向身旁的莉莉報告結果。

「……被擋掉了。」

「【抵禦穿透】啊，真虧她會用。還以為能在這裡幹掉她……應該是莎莉交代過了吧。」

無條件掩護範圍內所有玩家，也是【獻身慈愛】的弱點。要是在沒有任何防備的情況下被大範圍穿透攻擊正面擊中，等於是替所有人扛傷害，梅普露還來不及反應就會沒命。

但即使這次失敗，兩人也不打算停下攻擊的手。因為他們有壓倒性的射程優勢。

「威爾，現在就要幹掉梅普露。她的夥伴都不在身邊，不能錯過。」

「那當然。」

「畢竟這種臨時的雜牌軍和【大楓樹】的人不一樣，對梅普露強弱項的理解……都還不夠透徹。」

「……【一箭破城】！」

威爾巴特拉滿弓弦，往遠方舉盾的梅普露射出暗紅光芒的箭。

「……！」

速度快過目視所及的紅箭精準避開梅普露的塔盾，擦過她為尋找敵人而稍微探出來的臉頰。

僅是這樣就造成劇烈傷害特效，瞬間炸掉她的血條，一擊就觸發了【不屈衛士】。

梅普露ＨＰ並不高，只要能造成傷害就相當脆弱。一旦抓準【抵禦穿透】失效的時間射擊，就沒什麼能保護梅普露了。

「撤退！敵人不曉得在哪！快張開護壁！梅普露，趕快解除掉！」

「好、好的！」

梅普露解除【獻身慈愛】，其他玩家也隨之用魔法和技能鞏固防禦。

「「「【魔力屏障】！」」」

「「「【多重掩護】！」」」

部隊急忙退回森林時，威爾巴特的箭也不斷追殺過來。威爾巴特彷彿在說對付梅普露以外的人用不到穿透攻擊，大範圍箭雨一波又一波地狠削所有人的ＨＰ。雖然他們懂得用輪班防禦的方式往森林撤，無法反擊仍使狀況十分危險。

「我也來……！這樣行吧！」

為保護大家，梅普露用新取得的技能與之對抗。

「【古代兵器】！」

她一舉解放因箭雨和先前痛擊而累積的能量，剎那間黑色方塊分成八個，在空中散開。藍色光束將它們連結起來，構成亮得眩目的巨大護壁。箭雨中射得護壁劈哩啪啦狂閃，但全被穩穩擋下。

「喔喔……！」

「快跑！把梅普露載走！還有【不屈衛士】的人來幫擋！」

他們說什麼都不願在此喪失自軍最強戰力，個個挺身保護梅普露，退入遮蔽物多的森林。

遠遠看著這一切的威爾巴特注視森林一會兒，慢慢放下了弓。

「我再強也射不穿地形……射不中他們了。」

「嗯。想不到還有那種能量防護罩。不會錯的，她一定也學到新技能了。」

那肯定是沒見過的技能沒錯，而威爾巴特的眼睛紮實看清了護壁的來源。

「那看來是飄在她身邊的方塊變成的，大概是裝備吧。」

「這樣啊，那有看到她裝就要小心一點。好，我們回去吧。來得及救場是很好……可是機動力不夠就是我們的問題了。」

儘管趕跑了梅普露的部隊，他們仍失去不少玩家，從陣營角度來看是場大敗。

「就是啊。這次要是前進太多，反而會進入我們不擅長的距離和區域……很難抓呢。」

然而這波攻勢肯定成功嚇唬了對方，暫時不會有人從這條路線入侵，兩人便從冰柱上撤退。

【Rapid Fire】的兩名王牌成功阻止敵人繼續推進，也讓他們不敢大膽闖入這塊區域，可是損失了不少玩家仍是事實。

沒能抓準梅普露露出破綻的瞬間徹底擊敗，使兩人抱著遺憾返回原來崗位。

◆□◆□◆□◆□◆

不久之後。莎莉等三人暫且返回城牆前，伊茲正在側門口用道具搭建要塞。

「弄得好誇張喔。」

「是啊……」

「一整個野外最後防線的感覺。」

那一大排大砲和路障，原本不是能與玩家一戰的東西，但出於伊茲之手就不一樣了。就算是防禦力高的前鋒，魯莽突擊也會吃足苦頭。

「啊，是莎莉他們回來了！好快喔，幸好都沒事。」

「才剛開始而已嘛，先照計畫觀察狀況。」

「我們也來幫忙布置。不曉得什麼時候會打過來呢。」

準備當然是愈早完成愈好。三人幫著幫著，看見許多玩家從遠處接近。

「喔，敵人來了……？」

克羅姆拔出短刀戒備，伊茲從腰包取出望遠鏡看仔細後搖搖頭。

「那好像是先前出擊的那些人。梅普露也跟他們一起去了。」

「梅普露？……也對，人數那麼多，效果會比以前更好。」

不一會兒，梅普露走出部隊，對他們鞠個躬並講幾句話之後往四人跑來。

「我回來了～！」

「辛苦啦，梅普露。怎麼樣？」

「大家解決掉好多人喔……應該吧。煙跟火很大，不太確定有多少人。」

「哈哈，場面很大的樣子嘛……」

「不過啊，雖然我們沒有人死，可是我的【不屈衛士】用掉了……」

「所以有出事？」

「嗯，就是啊……」

聽梅普露說完，每個人都想到同一個人。

「嗯，肯定是威爾巴特吧。」

「就是啊。不過沒想到他能從視距之外精準射擊。」

「什麼都能一擊必殺的箭從視距外射過來啊……敵陣會變得寸步難行吧。」

能從超遠距離安全地確實暗殺的弓手，完全就是個威脅。而且還兼備廣域攻擊和穿透攻擊，簡直滴水不漏。

「總之梅普露今天就安全第一吧。不管他是怎麼弄的，能確定的是他能看得非常遠，再進入他的射程肯定會被幹掉。」

梅普露反應不夠快，沒速度也沒有ＨＰ，少了【不屈衛士】等於毫無招架之力，箭一來就死。

「對不起喔，莎莉……【抵禦穿透】已經用掉了。」

「沒事沒事！再說妳應該沒用錯。要是箭雨有穿透效果，妳搞不好已經不在了。」

「而且妳這一跟也是跟對了。要是那麼多人都被威爾巴特射成蜂窩，傷亡一定很慘重。」

一想到在沒有【獻身慈愛】的情況下面對那種箭雨就毛骨悚然。

「就結果來看是全員生還，這樣就算大勝了吧。」

「嗯！好～！下次一定要用盾牌擋下來～！」

梅普露又打起精神，開始依照伊茲的指示布置道具。莎莉幾個看著這樣的她，談起

箭雨的事。

「老實說，那還滿危險的。他的傷害連剛才那些聯合公會的塔盾手都能秒殺吧？」

「既然射程有壓倒性優勢，【ＡＧＩ】低的會多吃很多次攻擊。雖然只要擋得好就能減少傷害……也足夠把血削到危險範圍了……」

梅普露跟的多公會聯合部隊都是高等級玩家。這樣都受不了，可見威爾巴特攻擊力之高。

「我的防禦力也沒有特別高，還要看【非死即生】給不給面子。」

「我也不行吧。克羅姆和梅普露都不行的話，其他人恐怕也撐不住了。」

「最難處理的就是搜敵範圍比我們廣這點，無論如何都能比我們先出手。」

威爾巴特能從視距外打出必殺一擊。在查出位置之前，無法冒然踏入敵陣。

「只能注意有沒有彈道慢慢走了吧？聽梅普露那樣說，應該是不會破壞地形才對。」

「我再來想對策。總之下次進敵陣時要小心一點。」

想戰到最後，就不能太早犯錯。

不只是戰友強，敵人也很強。在許久未嘗的ＰＶＰ獨特緊張中，三人也去幫伊茲的忙。

◆□◆□◆□◆□◆

這時，在茂密森林中行進的【聖劍集結】已經順利打倒不少玩家，削減敵方戰力。

「音符，【聲納】……好少喔。左邊六個，右邊三個。」

「往六個的方向走吧。迅速安靜。」

芙蕾德麗卡也能用音符的技能，進行單方面的遠距搜敵。

一旦位置先曝光，等待他們的就只有冷不防來自隱蔽處的猛烈魔法攻擊，敵方玩家一一被質量兼優的魔法輾壓過去。

勉強倖存的，也會被培因、絕德和多拉古堵住去路，迅速追殺殆盡。

再加上莎莉等人的作戰計謀成功，玩家比預料中還少，打起來全不費工夫。

「好像真的都到另一邊去了耶，人比平均分配還少。」

「也就是集中到其他地方去了。要是對方回來就麻煩了，能殺的就趕快殺一殺吧。」

「再等一下喔～音符已經有減ＣＤ，不能再快了～」（註：ＣＤ是「cool down」的縮寫，意思是「技能冷卻時間」。）

音符每用一次技能，就有幾個範圍內的玩家消失。

「雖然有要另一邊提高警覺……不過還是放不下心。」

這裡敵人這麼少，表示對方在以為【聖劍集結】出現的位置配了重兵。也就是那邊的情勢會特別不利。

「我們只能繼續前進了，現在折回去反而就都白費了。」

「對呀。而且城鎮那有【大楓樹】吧，沒那麼容易垮掉的啦。」

「……也對。我們就在這裡盡可能製造優勢吧。」

「音符ＣＤ過嘍～」

聽見這句話，培因一行又開始推進，尋找下個獵物。

可是培因心裡仍有懸念。就算敵軍往莎莉製造的【聖劍集結】假象移防，這裡的敵方玩家實在是少過頭了。

「是不是他們有大型部隊在推進呢……？」

對方有對方的算計。既然不進攻就不會贏，敵軍必然會找機會發動攻勢。

「芙蕾德麗卡，等等開打以後，妳幫我們下完最底限的ＢＵＦＦ就趕快跟城裡公會的人聯絡。敵軍可能也出動大型部隊了。」

「……！收到。」

「我們還不能回去。要是他們說看到敵軍了，我們就來大鬧一場。」

「……讓他們回頭擔心這邊是吧！」

「ＯＫ，也就是擾亂他們的意思吧。」

「我們留到最後一刻再撤，要盡可能擴大對方的損害。」

所有人對培因的指示點了頭，【聖劍集結】全員加倍集中神志，繼續推進。

布置好伊茲的道具後，擺滿大量大砲與路障的城牆前防線就此完成。

「各位謝啦。這些道具都有改成壞掉才會消失，在活動結束前都能提供不少戰力喔。」

「太厲害了吧。所以，要怎麼用？」

「呵呵呵，沒必要在旁邊備戰，連砲彈都不用裝喔。敵人靠近就會自己開火了。」根本就是自動砲台。攻擊是愈猛烈愈好，門前擺了這麼多隨時有人攻來都能迎擊的砲台，實在令人安心。

「不過敵人要是打到它們射得到的地方，也表示我們情況不妙，沒派上用場當然是最好啦。」

倘若城牆前發生戰鬥，沒能攔下的玩家或怪物都會攻進城裡。另外，也會有人在戰鬥中趁亂飛過去。

城鎮防衛力雖高，在城邊戰鬥卻有直接導致戰敗的風險；遠離城鎮戰鬥又不易撤退，會提高受到重創的機率。

找個平衡點戰鬥非常重要。

這當中，城裡又有一批玩家列隊而出。

主要成員似乎是剛才和梅普露一起出擊的公會，和強力技能仍在冷卻的交換後重新編隊而成的。

「好像又要出擊了耶。」

「因為梅普露讓他們幾乎沒有損失嘛，很快就能上場了。」

「唔唔……這次好像就不能跟了。」

現在梅普露是受到穿透攻擊就可能直接死掉的狀態，不能隨便到前線去。

「妳現在最好是盡量避免戰鬥。啊……芙蕾德麗卡找我？」

莎莉目送大隊啟程，思考下一步行動時接到芙蕾德麗卡的私訊。

私訊寫到敵軍可能派出大型部隊，【聖劍集結】打算一直搞破壞，直到目標轉向他們為止。

「情況有點改變，看來不能再繼續觀察下去了。」

莎莉分享訊息內容，所有人隨之明白自己該做些什麼。

「敵人也派大型部隊的話，能去的地方很有限，可以看地圖猜吧。」

霞說完就打開事前製作的地圖，放大顯示於空中。

第九階野外地形多樣，有不少大型部隊難以通過的地方。

有的是會造成傷害，有的單純狹窄，各式各樣。【大楓樹】已預先將這些地形都標註起來，可以做出較為準確的預測。

「還是中間最好走吧。」

「對呀。那裡很寬敞，也沒有奇怪效果的地形。」

先前出擊的大隊也是往中央行進的樣子。

這麼一來，這次可能發生大型衝突。

「要跟過去嗎。現在沒有梅普露，可以的話是不想有太大動作……」

「在前線可以支援【聖劍集結】，也就是要往有需要的方向靠……維持中庸的感覺。」

這提議獲得全體贊同。方向決定後，再來是人選了。

【大楓樹】裡，梅普露以及結衣和麻衣二人的機動力是極端地低落。這次他們扮演的是打游擊的角色，要盡可能隱匿行蹤，不適合使用要【巨大化】才能坐的糖漿和雪見月見，或是能提升速度卻顯眼得不得了的【暴虐】。

「也把奏叫過來，我們五個一起去吧。要在重點時機把伊茲姊送到敵陣裡。」

「知道了。克羅姆，拜託你保護我嘍。」

「好，看我的。」

「我來密奏。他應該在城裡。」

「那我跟麻衣和結衣看家喔！」

「嗯，有事就找附近的人吧。當然，求救的話我們會用最快速度趕回來。」

「嗯！放心吧！」

梅普露就此和奏換班，回去守城。

「好，那就走吧。」

「希望可以平安結束……不過，多半不會吧？」

「到時候就只能全力奮戰了。」

「我沒問題，道具萬無一失。」

對道具做最後一次檢查，準備齊全後，五人便以記住整張地圖的奏和莎莉帶頭出發，追隨大隊而去。

留守的梅普露來到城牆上，與正在看地圖的結衣和麻衣會合。

「梅普露姊姊！」

「幸好妳沒事。」

「我【不屈衛士】用掉了，暫時要留守一陣子！」

「居然有這種事……」

「嗯～對面也有很多厲害的人呢。」

「如果莎莉他們都能平安回來就好了。」
「莎莉姊姊他們一定沒問題的啦！」
「要相信他們……慢慢等吧。」
「也對！」
那五人也是遊戲中的頂尖玩家，要相信他們的實力。這便是留守的人能做的事。
「情況怎麼樣，我出去的時候有人打過來嗎？」
「都沒人來喔。」
「幾乎都是在兩國邊境上打的樣子。」
這座圍繞城堡的城鎮，位在距離敵陣最遠的位置。目前守城的人數相當多，就算無法完美搭配，想突破這麼多人也並非易事。
「野外有好幾個可以當據點的地方，好像有公會利用那些據點一直留在前線上喔。」
「咦～好厲害喔！怎麼知道的啊？」
「在城裡的時候，有遇到打算這樣出去打的人……」
「大家真的都有在奮鬥耶。」
「好像都是在想不停轉移陣地……尋找有利位置呢。」
「這對我們來說太難了。」

戰地這麼大，機動力果然重要。無論迅速撤退、追擊還是移動位置，速度都是重點。

對話當中，又有一群玩家往城門口集合，即將出擊的樣子。城牆上的玩家也接到訊息，收起查看敵蹤的望遠鏡做準備。

「走了，急著要支援的樣子。」

「好，我們快走！」

看來是盟友陷入危機，幾個玩家匆忙跑下樓梯。

到處都有會戰發生，戰爭就快白熱化了吧。

「希望他們來得及……」

「真的可以嗎？」

梅普露看著略顯憂心的結衣和麻衣，有了靈感似的雙手一拍。

「……對了！麻衣、結衣！一直在這裡等也幫不了別人，這招怎麼樣？」

然後將想法告訴她們倆。

「咦！」

「真、真的要嗎？我是覺得可以耶……」

「那就拜託啦！」

「「知、知道了！」」

結衣和麻衣也回答得不怎麼有自信，但都決定要做了便著手準備起來。

不久，又有一批人因為接到求救而急忙聚集到城牆前。

「好，二十個人是吧……」

「現在找的都是速度快的，到齊就出發吧。」

雖想組織平衡度高的隊伍，不過現在最重要的是迅速趕到目的地，不能奢求。

「……嗯？」

「那什麼？」

兩人發現的是舉著大告示牌，十分醒目的結衣和麻衣。

『趕時間的看過來！用最快速度把你送到前線去！※真的非常需要到前線的再來！』

告示牌上寫了這幾行徵人性質的大字，內容和那兩名舉牌者都屬於【大楓樹】，讓他們感到一絲不安，但還是鼓起勇氣問了。

「那個，不好意思。」

「可以的話，麻煩送我們一程……」

「好！」

「可以告訴我們位置跟人數嗎？」

「二十個人。位置在……地圖的這裡。」

看了對方開的地圖，結衣和麻衣表示沒問題。

「到齊以後隨時可以出發。」

「請到城牆上來喔！」

說完，她們便跑上沿城牆鋪設的長長階梯。

「不是烏龜吧……太慢了。」

「會是她們的熊嗎？有某些技能什麼的。」

不曉得她們想怎麼做，但至少不會騙人。兩人等救援隊到齊後，帶隊跟隨結衣和麻衣登上城牆。

「「這邊走～！」」

在那見到的是巨大的羊毛團，頂端還有砲管像煙囪一樣伸出來。聽到結衣和麻衣的聲音，梅普露的頭從羊毛團裡冒出來打招呼。

「請大家都進來～！」

「「？？？？？」」

大家都不敢相信自己的耳朵，可是現在分秒必爭，他們還是忐忑地陸續鑽進了巨大毛球裡。

全都鑽進去之後，梅普露發動技能。

「【獻身慈愛】！【結晶化】！」

毛球伸出天使之翼，球面覆上一層水晶硬化。意思就是，進入毛球的二十人現在是關在裡頭的狀態。

「喂，不會吧！」

「真、真假？」

「「要走嘍～！」」

外頭的聲音讓大夥撥開羊毛往外看。只見【結晶化】的透明外殼另一邊，結衣和麻衣舉起了巨鎚。

「「三、二、一！」」

兩人巨鎚一掃，敲擊變成球的梅普露正中央，球以驚人速度飛上了天。

「哇啊啊啊！」

「太、太亂來了吧！」

說穿了，這高速運送就只是用【獻身慈愛】消除傷害，把自己變成砲彈而已。

如此由異次元膂力所造成的異常移動，是需要能夠抵抗墜落傷害的防禦力，和予以

執行的膽量才得以實現。

「現在，【開始攻擊】！」

梅普露邊看地圖邊飛，到目的地附近便炸掉突出毛球頂端的砲管改變方向，如隕石般往下墜落。

「到目的地附近了～！大家加油喔！」

梅普露解除【結晶化】，玩家從毛球裡爬出來。用【獻身慈愛】掩護著地後的無防備狀態，看所有人都爬出來以後，砲管又像發芽一樣冒出來。

「喔、喔喔……謝謝。」

「下次……不確定有沒有下次就是了。」

有幫助是事實，可是每個人都不知該作何反應。這當中梅普露又炸掉新砲管飛上空中，飛向自家陣營。

◆□◆□◆□◆□◆

莎莉幾個不知梅普露當起了空中運兵球，追上先行的部隊，在流水與自然之國的森林中移動。

「目前都沒看到敵人耶。」

「莎莉，怎麼樣？」

「……至少在會立刻開打的範圍裡沒有。」

「還是要小心突然射過來的攻擊。梅普露就是因為那種東西差點死掉。」

「嗯……看得到的話就有很多技能可以處理了。」

霞、伊茲和奏三人沒有能夠避免一擊殺被動技能，一旦被威爾巴特盯上，很可能就死定了。

所以要躲在能阻擋彈道的森林裡，並躲在克羅姆背後慢慢走。

「弓箭手通常都是埋伏在視線通暢又難以接近的地方。再過去有很多高台，要提高警覺喔。」

克羅姆一樣會全力保護他們，然而步步深入敵陣就是把自己放在不利環境下。

「就快跨過國境，到對方陣營裡了……莎莉，【聖劍集結】呢？」

「同樣是一面殺敵一面前進。」

「他們擔心的大部隊不曉得會在前面的哪邊出現……」

若繼續推進下去，【聖劍集結】也會面臨非要交戰不可的時候。

「話說回來，感覺真的有點詭異。現在這樣，表示我們和那個部隊都進到敵陣裡去了……」

可能是陷阱。克羅姆正要這麼說時，前方竄出巨大的火柱。明示己方部隊終於與敵

方發生衝突，以及誰在那裡。

「我去幫忙！」

「需要【心眼】的話說一聲。」

「噓，提高警覺前進。」

「嗯，不會錯。那是……」

「【炎帝之國】的人。」

這裡離己方陣營有段距離，胡亂撤退也只會落得遭到追殺，真的被燒光光的下場。己方的部隊並不小，且本來就是為了戰勝敵軍，使戰況更有利而來，怎能說撤就撤。

於是莎莉幾個就這麼注視著接連爆發的沖天火柱，衝向主戰場。

在焰花紛飛的戰場上，兩陣營的玩家正彼此激烈衝撞。

但是，己方這邊正慢慢地後退。

這也難怪。因為原本什麼也沒有的敵陣平地上，竟冒出一個有眾多玩家防守的巨型堅固堡壘。前方有大量牆堵攔阻他們的進路，數量還不輸伊茲設置的那些。還有人量由沙或水構成，死再多也不怕的召喚兵參與戰鬥。

部隊停佇的地點，正受到火焰與多數飛劍和風刃的遠程攻擊。

「果然是蜜伊他們！」

「霞！幫忙重整戰況！」

「小白，【超巨大化】！」

見到戰況，莎莉立刻請求霞協助部隊重整旗鼓。

霞點頭答覆，讓巨大小白上前截斷戰場。

對方沒有意識到這場自森林暴現的奇襲而反應不及，只見巨大白蛇不由分說地將召喚兵瞬間輾碎，玩家ＨＰ一一歸零。

「……！」

那強烈突襲不僅爭取了時間，還使得戰況瞬時轉為有利。但在見到ＨＰ歸零的玩家紛紛復活爬起，召喚兵也獲得補充，莎莉眉頭一皺，感覺會有場硬仗要打。

「小白，回來！莎莉！」

巨大的小白會變成標靶，霞便在召回牠之後回頭往莎莉看。即使不多說，五人也明白現在該做些什麼。

「我們去打米瑟莉跟馬克斯！」

「好，不然這樣沒得打！會被磨死！」

「我來開路。」

「我可以幫忙拖延時間！」

對方不停灑下遊戲裡最高級的強力廣域補血和大量免洗召喚兵，還有業火與飛劍往與之對抗的玩家澆注。如果阻止不了，己方人數將會單方面地減損。

於是五人將數量對數量的戰鬥交給己方大隊，盡可能避開戰鬥，沿主戰場外圍往堡壘繞，要打倒位在戰場中心的【炎帝之國】成員。

「那個堡壘也是馬克斯的陷阱，應該打得壞才對！」

儘管血量很高，但不是破壞不了。

「麻煩妳準備炸彈，我要把他們炸出來！」

「知道了！」

伊茲從道具欄瘋狂搬炸彈出來，並混入引爆用的限時炸彈。

「【高壓水柱】！」

完全防水的伊茲特製炸彈被莎莉製造的大量水流沖走，流進堡壘裡去。

隨後的劇烈爆炸重創了堡壘，但不至於破壞。

然而爆炸也逼得對方出面處理。要是忽視不管，就等於是向敵人展示堡壘其實很快就能破壞。

「喂！你們這樣太過分嘍，會害死很多人耶。」

「辛恩！」

「嗨呀，霞！還有四個人……全點組都留守啊？」

辛恩靈活地站在合一的劍上飛到五人前方。在第八次活動，他也表演過用【崩劍】馭劍飛行，現在技術更熟練了。

「不好意思，我們家會長需要一些準備，我來陪你們打。」

說完，魔寵韋恩出現在他背後，風刃狂亂四射。辛恩腳下的劍以他為中心擴散開來，只留下最底限的數目。

「現在梅普露不在，你們擋得住嗎？」

辛恩當場襲來，要他們自己證明。遠超過五人的攻擊頻率，散發出強烈的壓迫感。

「韋恩，【風神】！【隱形劍】！」

呼嘯風刃轉向五人，因【崩劍】分裂的飛劍，在風的推助下變得更強了。

「小白，【硬化】！」

霞讓小白擋在前面，以硬化的體表遮蔽風刃，不過由辛恩操縱的【崩劍】可不會這樣就停下。

「妳們兩個自己搞定！涅庫羅，【幽鎧·堅牢】！【多重掩護】！」

「【第十式·金剛】！」

克羅姆相信莎莉和霞的應變能力，將涅庫羅轉為防禦型態掩護伊茲和奏。

霞直接減免傷害，盡可能擊落飛劍，莎莉則是單獨向前。她理所當然般扭身閃躲風刃，用高於辛恩操作精度的迴避，讓往她確實變換方向的飛劍失去作用，彷彿什麼也沒

發生般拖曳藍色圍巾毫不減速地向前衝。

「哈哈！怪物啊！」

「腦袋給我交出來。」

「沒那麼簡單！」

辛恩腳下飛劍急劇加速，似乎接下來才要拿出真本領。這一招他鑽研到現在，已經研發出一套以高速飛行的飛劍作為移動手段的特異戰鬥風格。

「下一波！」

被擊落的飛劍恢復速度，從四面八方襲向莎莉。

辛恩動作不僅滑順，速度還不亞於莎莉，難以追上。儘管莎莉不停以無以倫比的技術閃躲，但不是每種都能在前進之中躲過。每當莎莉想縮短距離，辛恩就找個方向射出飛劍霰彈逼她往橫向閃，以爭取時間。對不許受一點傷害的莎莉來說，只有閃躲的份。

「克羅姆，你去吧。這裡我來擋。」

「……！ＯＫ，交給你嘍！」

這樣下去沒完沒了，奏便讓克羅姆支援莎莉。

「湊，【大型魔法屏障】！」

他召喚湊張設巨大護壁，自己叫出書櫃好隨時使用強力技能，以基本魔法在周圍豎起水牆沙牆加強防禦。

儘管魔導書有只能使用一次的制約，卻能提供不輸克羅姆的瞬間防禦力。

在這段不會受到攻擊的時間內，伊茲也趁隙拿出和城牆前一樣的路障作補強。

「【衝鋒掩護】！【掩護】！」

「【血刀】！」

在防禦生效，不必顧慮後方後，霞揮舞液狀刀刃擊落紛飛的劍，克羅姆替莎莉擋下逼近的劍。

莎莉因此與飛劍多拉出一步距離，要在【崩劍】再次襲來前貼近辛恩。

「【水纏】【超加速】！朧，【妖炎】！」

莎莉以水替攻擊增傷，以火使匕首長度增長一截。

並用【超加速】猛然提升幾乎與辛恩對等的速度，進一步縮短剩餘距離。

「……！」

【崩劍】的速度不會因玩家移動速度提升而改變，自知躲不過的辛恩舉起盾牌，將留在身邊防禦的剩餘飛劍射向莎莉。

可是那點數量當然是被她輕而易舉地鑽過、擊落，全數迴避。

「可惡，躲得這麼輕鬆！」

「喝啊！」

辛恩的盾牌沒能完全抵擋莎莉將【劍舞】提升傷害的奮力一斬，身體中刀而受到不

小傷害。

「痛啊！那真的是匕首嗎！」

辛恩召回全部飛劍，從背後攻擊莎莉。但莎莉只要以迴避為優先，躲起來是一點問題也沒有。

然而，這也使得辛恩又成功拉開距離。

「唉……雖然少了梅普露，我一挑五還是很吃力啊～」

對方可是【大楓樹】，還是五個人，就算辛恩擅於一打多，打起來也沒那麼容易。

「後會有期！還活著的話！」

「辛恩！我不會放你走的！」

「好，我們也是。」

辛恩話音剛落，背後突然冒出巨大火球升上天空。

比目標堡壘還要大的火球擠破堡壘頂蓋，如太陽般在戰場中央放射萬丈光華。

「掰啦！」

辛恩將召回的劍全部射向前方阻絕追擊，一溜煙地撤離。

因莎莉的【高壓水柱】而淹水的堡壘中，米瑟莉和馬克斯在支撐前線之餘，也一併修復莎莉和伊茲造成的破壞。

「唉……陷阱被弄得亂七八糟，牆壁也破掉了。我討厭小白……」

「是啊，真傷腦筋。不過呢……」

「開殺吧，蜜伊……」

兩人望著天空，誕生於戰場上的太陽中心。蜜伊在伊葛妮絲的擁抱下，身上火焰更為熾烈。

「我準備好了。伊葛妮絲，我們走！」

當火焰升至極限的瞬間，蜜伊解放了一項技能。

「【黎明】。」

紅火交摻白華，球面閃焰奔竄。

效果簡單明瞭——下一次攻擊不會遭到免傷技能阻擋，就僅是如此。

「【煉獄】！」

彷彿都是在等這一刻。

凌空閃耀的太陽墜落地面，燒盡接觸的一切。化作無堅不摧的灼熱之炎，吞噬戰場上的萬象，全部燒成死灰。

◆□◆□◆□◆□◆

【大楓樹】參戰的同時，在稍遠處推進的【聖劍集結】打倒路上所有敵軍，邁向敵國王城。

「欸～怎麼都沒人來擋啊～？」

「這樣不是很好嗎，都不用忙。」

「真正到城鎮之前，至少會來個幾波吧。」

現在【聖劍集結】的所在地，是穿過森林後以岩石為主，高低落差頗大的區域。區域效果是增加所受傷害，絕不是件好事，但也沒嚴重到非得特別注意不可。

「真的會來嗎～？……！」

芙蕾德麗卡無聊得轉起法杖，隨後發現前方有幾道白光迸散，表情瞬間嚴肅起來。

「各位，正前方！」

聽培因一喊，所有人立刻躲到岩石後面阻斷彈道。

「【擋箭風牆】！」

芙蕾德麗卡設下專門化解拋射物的風牆，做起預防追擊的準備。【聖劍集結】的人，自然會有技能可以抵擋埋伏的遠程先制攻擊。

「音符，【聲納】！……前面，那根石柱上。嗯？只、只有兩個人？」

芙蕾德麗卡用音符的技能清楚掌握攻擊者的位置和人數。

隨著特效往周圍擴散，她肯定搜敵範圍裡除了前方兩人之外，沒有其他敵方玩家。

「哈哈，兩個就夠的意思嗎！」

「可以當作是【Rapid Fire】的威爾巴特和莉莉吧？」

「可以～連魔寵都沒叫，也沒有用活動道具馴服的怪物喔～」

這消息讓公會成員稍微議論起來。

人數有壓倒性差距，大到會令人懷疑不是要趕跑他們，而是引入陷阱。

「他們認為自己有勝算……就算是最壞的情況也不會死，有撤退的餘地吧。」

培因這邊人數不少，踏入敵陣後有確保退路的必要。

「先了解他們的自信是哪來的吧。找到機會再幹掉他們。」

「ＯＫ，我來開路。先照計畫來就行了。」

絕德叫出疾影，以便了解對方的應變力有多高。

「開打了，疾影！【影世界】！」

這個能使隊友潛入地面移動的技能，在這次活動中擴大到整個範圍內的同陣營玩家。

【聖劍集結】所有人迅速穿過暗影，安全地分散移動到下一處遮蔽物。

威爾巴特再厲害也無法射穿地面。為提高對方應變難度，他們組成能從各角度發動攻擊的陣形，要在返回地面的同時從多個方向一舉傾注魔法。

「【多重煙幕】！」

芙蕾德麗卡放出只會阻擋敵方視線的白煙，完全掩蓋地面，並從岩石後稍微探頭查看敵情。

「哇！」

剎那間，眼前的【擋箭風牆】爆出表示觸動的白光，嚇得她趕緊縮回去。

「他是還看得見嗎～？太奇怪了吧……」

「可見他的眼睛真的非比尋常。不曉得有什麼技能，總之能完全看見我們的位置。」

「但他也不是萬能啦～」

儘管他能射出必殺之箭，箭也只會往架定的地方射。以現在【聖劍集結】的布陣同時進攻，肯定會有幾個打不到的地方。

「音符，【信鴿】！好，之後麻煩了！」

音符跟著啾啾叫起來。這個技能，能將選擇的技能效果分享給範圍外的隊友。只要付出一點隨距離增長的等待時間，就能將【擋箭風牆】分給所有人。

「上嘍！」

準備完成的瞬間，所有人隨絕德一喊跳出掩體，急速縮短距離。

於此同時，天上也降下涵蓋他們所有人的箭雨。

攻勢雖然猛烈，但【聖劍集結】不會無法處理能夠預料到的廣域攻擊。

「「【大型魔法屏障】！」」

「疾影，【影遁】。」

「厄斯！【石罩】！」

【聖劍集結】全都是老練玩家，各以標配的高效護壁削減箭雨威力。能力突出的絕德和多拉古，則利用短時間衝高等級的魔寵能力，躲藏於暗影中或厚實岩壁後，更加完美地隔絕箭矢。

「厄斯也知道要防禦耶，好棒喔～」

「是我下的命令啦！【地震】！」

總算進入攻擊範圍內的多拉古猛砸地面，打出劇烈搖晃。岩柱屬於地面的延伸，也會受到影響。

「哈！給我下來！」

只要受到多拉古技能影響，無論哪種玩家都會被擊退效果強制移位。若位在狹小高台上，效果更是巨大。

「培因！看你的嘍～！」

白龍劃破芙蕾德麗卡的煙幕飛上天空，直衝目標。

「「【快速換裝】！」」

見狀，莉莉和威爾巴特在墜落的狀態下切換裝備。

「【飛行機械】【僕從座椅】。」

莉莉發動技能，大量無人機般的機械在周圍伴著特效出現。

隨後技能使它們強行接合，在保持飛行能力的情況下化為平台接住他們。

「雷依，【全魔力解放】【光之奔流】！」

當培因的劍升起萬丈光芒，莉莉也造出大量召喚兵來抵擋。

「【聖龍光劍】！」

「【傀儡城牆】！」

下劈劍軌所噴發的光柱，以驚人速度沖削無魂士兵堆疊而成的牆堵。

「【重新生產】【修復】！」

然而莉莉的重造速度也不差，不停湧現的士兵捨身堆牆。

很快地，培因放射的光之奔流轟穿莉莉的牆射向後方。

但兩人似乎只要偏移攻擊路線，爭取時間就不會出事。待光芒退去，他們已經移到稍微遠離的平台上擺出一列士兵，槍口對準培因。

「這樣啊。挺難纏的。」

「哈哈哈，想不到能聽到培因這樣說，我太高興了。是吧，威爾。」

「是啊，莉莉。那我們來重新整頓一下吧。」

就在威爾巴特要施放輔助技能時，周圍地面發出紅光。

「……！」

「這是……威爾！」

「嗯，從上面來的！」

莉莉等人也沒料到的現象，使培因往空中一瞥。

只見天空浮現大量魔法陣，還有一頭黑色巨龍與其相對。

沒錯，兩國國王都會參與戰鬥。且範圍遠超乎玩家廣域攻擊的層次，影響遍及整張地圖，是不分敵我的超大範圍攻擊。

「王的攻擊來了！絕德！」

「疾影，【解放影群】【影世界】！」

在絕德命令下，疾影向周圍放射黑影，跑出大批狼群。效果是消除一項技能的冷卻時間。

所有人再度潛入地底，安全迅速地撤退。

「下次沒人攪局，我們再打到最後。」

「當然樂意。」

【聖劍集結】出動不少公會成員，若不撤退，損害會非常嚴重。恢復過來以後，敵方援軍恐怕也到了。

對莉莉這邊而言，這等戰力的公會要主動撤退，他們也沒必要追擊。

於是雙方陣營就此在各種魔法與龍的強烈吐息轟炸下來之前，迅速離開現場。

莉莉以【僕從之椅】將她召喚的騎兵拼成踏台，躲開逼來的龍息退回陣地。

「呼～果然厲害。培因一看有機會贏，毫不猶豫就殺過來了。」

「還以為他會再忌憚一點呢，真不好意思。」

「別在意，是對方搭配得好。況且……」

莉莉跑了一段後，見到前方有個拖著落雷跑來的人影。

「咦，【聖劍集結】在哪裡？」

「……況且，我們的援軍來得有點慢。」

雛田也藉控制重力強行黏在薇爾貝身上。若能趕到，她們的戰力勢必會大幅改變戰況，但不巧遠水救不了近火。

「下次有機會再加油吧。」

「薇、薇爾貝，下次可以不要這麼趕嗎……我、我都眼花了。」

「妳、妳還好嗎？」

「妳們都上來吧，這邊說不定也會被龍息燒到。」

「我會繼續盯。要是【聖劍集結】折回來，薇爾貝小姐，到時候就麻煩妳了。」

「知道了！」

就這樣，四人乘坐莉莉特製的騎兵返回陣地。

◆□◆□◆□◆□◆

城鎮中，從戰鬥中生還的玩家們在安全點喘息。

「呼～好驚險啊……」

「中埋伏的時候還以為完蛋了。」

才剛與前線的敵人開戰，岩石後就跑出一堆又一堆的敵方玩家，戰況瞬時扭轉。儘管事前也考慮過對方利用地形埋伏的危險，考慮了就完全不會中埋伏也是不可能的事。對方算準追擊時出動，讓他們一時難以撤退而陷入困境。幸好援軍及時趕到，得以只付出少量犧牲。

「幸好有告訴我你要來。」

「是啊，不然不會知道吧。」

「真的是得救了，不過你們怎麼趕得上？」

戰場與本營相隔頗遠，不是能說聲「叫了就來啦」的距離才對。

「本來是覺得靠魔寵都來不及，加減求救一下看有沒有奇蹟的說……」

他們都熟知公會成員的能力，其實早有無法及時趕到的共識。

「這個嘛……就是，用了特殊方法。」

「沒錯。嗯，沒錯。」

「……？」

為這不清不楚的回答疑惑時，一群玩家急急忙忙衝上城牆階梯。

「啊……」

「沒錯……」

「讓他自己看比較快呢。」

獲救的玩家還不懂他們在說什麼，支援的玩家則是都知道那是做什麼的樣子，帶領不懂的人往上走，讓他們自己看。

只見一群玩家被關進長了結晶殼的羊毛球，不知是想出來還是因為不敢相信而慌亂，敲得結晶牆咚咚響。

「喂喂喂！我說什麼都行不包括這個啊！」

「認、認真的？」

「「三、二、一！」」

一黑一白，身穿洋娃娃般可愛服裝，長相還一模一樣的兩名少女，揮掃與她們嬌小身材不勻稱的巨鎚，打出開砲般的轟隆巨響，將鍍膜毛球打向遙遠彼方的天空。

「咦咦……？」

「就是這個。」

「現在最熱門的玩家外送服務。」

「這不是人類的移動方式吧。」

「好直接的感想。」

為眼前玩家幾乎不會用——不，連怪物都不會用的移動手段議論紛紛時，兩名巨鎚少女轉過頭來。

「啊！是他們！」

「太好了……你們活著回來了！」

「多虧妳們，他們得救了。」

「謝謝。」

這樣移動的確不合常理，但這樣才來得及救人也是事實。

「「有需要再跟我們說喔！」」

「……再考慮。」

「有必要的話啦……」

姑且致謝以後，所有人便離開了城牆頂。

「那個坐起來怎麼樣？」

「咦？這個沒救了……」

「人肉砲彈本來就沒有舒服的好不好！」

這遠遠算不上舒適的空中之旅。是因為著地安全，而且快得出奇，才勉強算是可以接受的移動手段。

「下次我們危險的時候，要坐那個飛過來喔。」

「……再考慮。」

想體驗砲彈滋味的玩家沒幾個吧。然而救人要緊，顧不了那麼多了。

眾人提醒自己有必要時就要拿出勇氣，就此走下樓梯。

第三章 防禦特化與再度出擊

當培因等人遭受大量空中攻擊時，莎莉等人的主戰場當然也發生了同樣的事。

「好險！」

「總算是得救了。」

「是啊，這樣【炎帝之國】不會追來吧。」

堅守於堡壘中的【炎帝之國】難以迅速追擊或撤退，先占好位置會有很高的威脅性，這次反而幫了他們。

「活下來的人，好像很少……？」

莎莉在返回己方陣營的路上數起同樣在撤退的玩家。

「躲開應該是……沒錯吧？」

她曾見過【煉獄】，知道那會造出持續扣血的區域。於是迅速利用【高壓水柱】推開大家保持距離，位在戰場邊緣也幫了他們一把。

五人現在是乘著小白，閃避魔法之雨移動。

「那個裹住蜜伊的火球，很有可能是提供某種附加效果。」

「那邊應該有不少人像我一樣能把傷害減到零，而且就算沒米瑟莉那麼會補，補血能力也不會差到哪去。結果還死了這麼多，應該不只是火力強而已。」

「有可能是封鎖技能，或增加傷害……」

「嗯……也有可能是提高【煉獄】的持續傷害。」

「能猜的太多了，說不準。總之不能被打到就對了。」

「如果是地形傷害，梅普露就頂不住了。等等要記得警告她。」

至少威力是確定能將擊中的一切不由分說地全部消滅。

若下次對上時，她也一定會在關鍵時刻打出那一招。存活玩家現在能做的，就是把消息帶回去。

「真不甘心……這算是我們慘敗了吧。」

「找機會討回來吧。」

「有借有還嘛。」

「對呀。這次沒能把伊茲姊送到敵陣……要找機會削減數量才行。」

「知道了，我隨時都能配合。」

如同蜜伊用未知技能葬送了大量玩家，【大楓樹】也藏了很多技能。只要狀況調整得當，可望在下次取得巨大戰果。

五人一路將在逃玩家接上小白以保安全，就此返回城鎮。

城牆前的路障都還在，耐用度都沒減少，表示城鎮沒有在他們離開時受到攻擊。

與這些倖存玩家解散後，結衣和麻衣扛著見到小白歸來的毛球梅普露來到城中。

「莎莉，妳回來啦！有好多好厲害的魔法從天上掉下來，還好嗎？」

「這部分是還好。梅普露妳……怎麼了嗎？」

「我在當客運喔！」

聽了梅普露的方法，五人也都嚇了一跳，接著因為這很梅普露而失笑。

「對方再天才也想不到吧……」

「呵呵，這真的很難猜呢。」

「說不定其他地方贏得比我們想像中還多喔……嗯，梅普露，謝啦。好主意！」

「是喔？不過幾乎是靠麻衣跟結衣啦～！否則沒辦法飛那麼快喔！」

「謝謝妳們把梅普露打出去。呃……謝這種事好奇怪喔。」

「不、不客氣……？」

「幸好梅普露姊姊可以平安著地！」

敲出去以後，梅普露就得靠自己了。要是出了差錯，恐怕會掉進敵陣中央。就這方面來說，這戰術運氣成分頗重，但結果仍是拯救了許多同伴脫離困境。

「不好意思，梅普露這麼努力，我們這邊卻吃了敗仗。」

「這樣啊？」

莎莉接著對梅普露簡短說明事情經過。

「嗯……我不時會跟蜜伊組隊，可是沒看過那個耶。」

「也是，妳自己要小心喔，應該有【不屈衛士】的塔盾玩家都倒了。妳說不定是有機會不吃傷害啦……」

「不行就慘了呢！」

「就是這樣。那麼，該在哪裡討回來呢……」

先前的戰鬥，使得玩家總數出現了差距。【炎帝之國】和【thunder storm】善於集團戰，【Rapid Fire】則是善於奇襲與先制攻擊，他們在這次活動可是說特別能發揮所長。

這邊有必要設法找出破解的方法。

梅普露想了想，點個頭，開口說出心中的答案。

「我看……我們也都出去打比較好吧！」

「可是妳又被穿透攻擊打到的話……」

梅普露的【不屈衛士】冷卻時間還沒過。儘管是戰場要角，現在出擊的風險太大。

「莎莉妳保護我就好啦？就像妳平常那樣啊，揮刀把攻擊彈掉！」

梅普露模仿莎莉咻咻甩手，用短刀劃過前方空間。

「……！」

見到梅普露理所當然的絕對信任，讓莎莉先愣了一下，表情立刻充滿自信。

「知道了，看我的。全都幫妳彈掉。」

「嗯！我很相信妳喔～！」

知道自己原來就是守護梅普露的最後一面盾後，莎莉下定決心，再也不讓任何一箭射中她。

「那事情就不一樣了。梅普露，我們要趕快進攻。」

「知道了！」

每次活動，狀況都變化得比預料還快。這一次，戰場也沒有安穩到能夠繼續觀察下去。

「當然，也包括我們喔？」

「那還用說。」

「ＯＫ。呵呵，這次要贏喔。」

「我也不想老是輸給敵人。」

「對呀。我們還有麻衣跟結衣，ＢＵＦＦ上得很值得呢。」

「我、我們會加油的！」

「隨時可以出發喔，莎莉～！」

這次他們拿出【大楓樹】本色，使出全力再度出擊。若不扳回一城，對方的士氣會

繼續提升，戰況只會更艱苦。

為了阻止這種事發生，他們再度互相確認緊急狀況的應變方式和各種基本動作，為絕不失誤而努力準備。

搭乘小白或糖漿移動太顯眼，所以除了有雪見及月見的結衣和麻衣，其他六人都利用活動專用道具暫時操控在野外遊蕩的怪物，騎牠們移動。

平地上，大小可供騎乘的馬、牛等怪物多得是。

「梅普露，國界就快到了，要下來嘍。」

「知道了！」

長距離移動後，八人告別怪物，來到位在高崖之間，風中帶冰晶的區域前。這裡負面效果嚴重，不只會降低移動速度，且除了以武器近身攻擊外，所有射程都會大幅減少。

這是零星散布於地圖上，玩家會盡可能避免的區域之一。

「應該沒多少人會想在這搞埋伏吧。」

對於上前攻擊的玩家，是【暴食】仍完整保留的梅普露占優勢。在這區域的負面效果下，遠程攻擊也不怎麼可怕。

「那我就從這裡開始放喔。菲，【精靈的惡作劇】。」

伊茲取出炸彈，擺在可以當休息點的凹洞裡，最後再加個感應器。

「喔～原來這樣就看不見了。」

「對呀，有一次活動就是靠這個技能打贏的。」

「是說森林爆炸了的那個嗎？」

「嗯。這裡這樣就可以了……進入敵陣以後才要來真的。」

「要在他們發現之前盡可能深入才行呢。」

這次目標，是一面擴大雷區，一面緩慢確實地前進。

伊茲為這次活動製造的道具，放置時間比以前長上許多。如今還隱藏身影，靜待發揮效果之時。它們將突然對敵軍露出獠牙，甚至改變戰況。

「繼續前進嘍。梅普露，盾牌都要舉好，麻衣跟結衣都躲在克羅姆後面。」

「知道了！」

「「是！」」

有了梅普露的【獻身慈愛】，在一般玩家不敢擅入的區域也能大步前進。

他們就是要走這條有害無益的路線，穿過敵方的警戒網。

「接下來是每隔一段時間會受傷，梅普露拜託啦。」

「ＯＫ～！」

【大楓樹】進軍途中一路偷放爆裂物的事，目前還沒有任何人知道。

梅普露幾個一面擴大踩進去就會死人的危險地帶，一面往敵營前進。

路上，在一個霧靄濃密，容易遭怪物突襲的區域裡，莎莉忽然停下腳步。

「……有人來了！」

「知道了！」

其他人都沒有感覺到任何動靜，但沒有一個懷疑她的話。

八人迅速躲藏起來，屏息注視霧的另一頭。不久，濃霧中浮現人影。

「有……十個人？」

單看人數是不利，可是現在有梅普露在，不是打不起。克羅姆架好盾牌以防萬一，查看是否有其他敵人。

「……十個沒錯。麻衣，結衣，可以嗎？」

「沒問題。」

「我、我可以！」

「ＯＫ。奏。」

「嗯。」

莎莉對奏出個聲，迅速執行計畫。

相較梅普露幾個於事先把握狀況，對方仍未發現【大楓樹】的存在。

「……沒有人啊？」

「畢竟霧濃成這樣嘛。」

「還是要小心，可能都躲著。」

十人聚成一團，以盡可能減少死角的隊形移動。塔盾手在外，魔法師在內。無論敵人從哪個方向接近都能迅速察覺，用魔法偷襲也能降低損害。

而如此一路警戒的十人，卻被看不見的東西瞬時消滅了。

連發動技能的機會都沒有。因【不屈衛士】而倖存也只多活一瞬間，還來不及整理思緒。十人不曉得發生什麼事，已經從地圖上消失不見。

確定安全後，梅普露幾個走出遮蔽物。

「喔～！妳們兩個果然厲害！」

梅普露對空空如也的空間說話，隨後結衣和麻衣突然出現。

「成功了！」

「太好了……」

兩人也喘了一口氣。腳邊，兩隻朧得意地仰望梅普露。

「那先還妳喔。來，這是雪見。」

「我的是月見。不要弄丟喔。」

奏和莎莉將暫時保管的【感情的橋梁】還給結衣和麻衣，將交給她們的收回來。

「這就是盲點啦。」

「的確。畢竟是真的可以交易嘛。」

操縱魔寵所需要的【感情的橋梁】每人只能有一個，但若雙方都卸下來交換，就能使用對方的力量。當然，玩家之間要彼此信賴才敢這樣做，而【大楓樹】沒有這個問題。

「等朧和湊的【瞬影】能用了就再來一次喔。」

「「好！」」

【瞬影】是暫時隱形的技能。用在莎莉和奏身上，對戰況很難有大影響。

換作結衣和麻衣就不同了。

她們的破壞力能將接觸的一切化為塵煙，只要能接近，十六把巨鎚就能搞定一切。

誰也無法存活，什麼也帶不走。

沒有逃跑的機會，就只能將死亡這最底限的資訊留給公會成員。如此一來，就有查清楚的必要。同伴肯定是被某種東西消滅，表示敵方進犯了。

「梅普露，準備迎戰喔。全部吃光光。」

「嗯！我會加油～！」

玩家來愈多愈好，這樣只會平白堆積更多屍體。

八人就這麼一路布下陷阱。每一處都過剩，什麼也不留下。

敵方就這麼不知不覺——不，在根本無法察覺的情況下，重新組織部隊，殊不知那會是場自殺行軍。

「伊茲姊，我們在這裡等。」

「好的。那你們可以幫點忙嗎？」

需要在敵方玩家到來之前布置好一切，這個濃霧密布的地方正適合埋伏。

【大楓樹】所有人一起做準備之後，再來只是靜待敵人到來的那一刻。

慢慢、慢慢地等待一段時間後，從岩石後方能窺見霧的另一邊有支部隊正緩緩接近。

儘管在霧裡難以計算正確人數，仍看得出規模明顯超過先前打倒的偵察團，可見對方是慎重看待十人瞬間死亡的事實。

「梅普露，要上嘍。這麼多人，沒辦法只靠她們殺完。」

「放心，我都準備好了！」

「那就跟我來。趁現在……」

莎莉帶隊靜悄悄地移動到另一個遮蔽物，占取有利位置。

這裡正好是區域交界，再過去就是障礙物減少，適合多人戰鬥的空間。

敵方若想利用數量優勢，多半會來到這個位置。

「【獻身慈愛】要留到有需要的最後一刻再放。」

「嗯。」

「呼～有點怕怕的呢……」

「既然決定要幹，那就要幹到底。」

「我們……」

「也有【巨人雄威】能用！」

「我可以在落地之前保障大家的安全。」

「我準備好了，隨時ＯＫ。」

確定所有人都專注於戰鬥後，莎莉用【操絲手】造出的線把所有人綁在梅普露身上。

梅普露將一隻手變成砲管指向地面，看著玩家陸續進入眼前空間，再往莎莉使眼色。

「朧，【影分身】！」

「【守護者】！」

克羅姆使用承受全體傷害的技能，緊接著梅普露自爆砲管，帶一身同伴往斜上飛。

「有人來了！」

「從前面……呃，上面也有！」

對方被先衝出去的【影分身】分散注意力，對炸上天的梅普露防備稍有延誤。

「【擴大範圍】【守護之光】！」

奏給所有人施加短時間無敵，取消襲來的魔法，地面愈來愈近。

「躲開！」

是什麼從濃霧彼端飛過來仍不明朗，只知道留在原地肯定會被砸中。

於是遇上猛襲的他們架持武器各自散開，準備在不明物體落地後攻擊。

在巨響與煙塵中，的確砸下來了的不明物體卻忽然消失了。

不僅如此，趕來協助的玩家也不知不覺全部失蹤。

「不見了……？」

「幻覺嗎？」

「本尊應該在伺機偷襲！提高警覺！」

隨著玩家持有的技能愈來愈多，見識幻覺類技能的機會也逐漸增加，大家都知道要特別注意。

「本尊應該在伺機偷襲」是理所當然的假設，所有人朝外側組密集陣形其實也不是差勁的選擇。

然而，他們想像不到對方會在著地的同時藉霧氣和煙塵掩護鑽進地底……類似的技能太少了。

「怎、怎麼了！」

「沉下去了，唔喔……呃啊！」

地面突然變得跟泥巴一樣軟，同時暗紅閃光竄過地面，還有藍色光束圍成牢籠，關住他們每一個人。

還不曉得發生什麼事，異常狀態與持續傷害已節節削減他們的ＨＰ，還遭到降低移動速度的追擊。

連續的爆炸、巨大藤蔓、衝散陣形與架勢的汙流。

所有事發生在一瞬之間。沒有宣告技能的呼喊，也沒有事前的特效，彷彿原本就是那樣般出現在那個地方。

「快逃！想辦法逃走！」

「我的腳……！」

眾人莫名其妙，不明就裡地慘遭蹂躪，連反應的餘地都被剝奪。

誇張到不只是奇襲，完全是需要好一段時間準備的殺戮舞台。陷於其中心的他們，在最後的最後才認知道這點。

在泥地之外，彷彿不讓下沉物接近的岩石高台上，有個怪物。背上長出四枚陌生黑翼和兩枚眼熟白翼，散發著帶來死亡的藍光與紅光。

見到奇襲能力和殲滅能力都比第四次活動成長許多的梅普露，他們才明白自己上鉤了。

梅普露的【滅殺領域】如字面般滅殺了場中所有玩家。以會傷及友方的強勁負面效果為代價，換來的特異範圍攻擊，以及【大楓樹】所有成員為防止敵人逃脫而放的種種降速技能——敵方玩家掉進這堪稱最糟的狀況而一片混亂，無法適切處理。

「【大地的搖籃】好強喔，我是不是也該學一下。」

「主要是因為和梅普露的技能好搭配啦……不過能用來避難就已經很強了吧。」

用【大地的搖籃】潛入地底時，會在效果結束時將這期間發動的技能或取出的道具全部推到地面上，這次就是利用了這點。

「嗯～再會猜也想不到一下子會有這麼多技能殺過來吧。」

「就是說啊。而且，梅普露的【滅殺領域】應該還沒有人見過吧。」

遭到複數未知技能襲擊時，有無應變餘地是很重要的事。這次是完美的奇襲完全抹煞了對方的餘地，才能取得如此一面倒的勝利。

「好耶～！很成功的樣子！」

「嗯。可以不用梅普露的【獻身慈愛】來著地，占了很大一部分。要是被他們知道

飛過來的是梅普露，一定全都跑光了。」

「說得也是。」

「因為梅普露姊姊很強嘛……」

「大家都很防著她……」

所謂君子不立於危牆之下。基本上他們並沒有特地去戰勝這種東西的必要。若不靠技能，移動速度慢到極點。沒錯，他們可以輕鬆逃離這魔王。

「下次會來更多人嗎？」

「……我想會換成小型的精英隊伍。」

「我也是這麼想。被殺了這麼多人，不會再用同樣的方式了。」

「所以接下來要特別小心了吧！」

「沒錯。現在梅普露的冷卻時間還在跑，儘管沒人跑掉，對方也很可能因為這樣猜到是梅普露來了。」

雖然現在擁有強力技能的玩家多了不少，能力突出到能將敵人一網打盡，把戰場搞得亂七八糟的玩家也只有一小撮。再加上輸得這麼慘，是誰來了自然不言而喻。

「趕快幫伊茲姊擺道具吧。現在梅普露沒有【不屈衛士】，要盡可能避免五五波的戰鬥。」

「知道了！」

「在援軍來之前趕快走吧。」

一次殲滅這麼多敵軍，已經算不上潛入了。在下一支部隊出現之前，梅普露等人騎上了小白，到處亂灑伊茲的隱形炸彈。

◆□◆□◆□◆□◆

調查團全滅的消息傳到了敵陣。

而且是一轉眼的事。藍色面板上的公會成員名單清楚顯示，他們一個接一個，以極短間隔全數陣亡，名字接連出現在不屬於活動地圖的地方，詭異得非常驚悚。

「……？那邊在吵什麼啊？」

「我去問一下。薇爾貝，不要亂跑喔。」

雛田向不安躁動的玩家問清事由就回來了。

轉告薇爾貝有集體行動的玩家突然大量陣亡的事。

「在【聖劍集結】來過的地方另一邊耶。」

「對。如果是培因他們，是可能做到這種事沒錯，不過……」

與莉莉他們交戰後就立刻出發，並不是趕不上。若找的都是腳程快的玩家，再經過芙蕾德麗卡強化，速度是非常地快。

「嗯……感覺不太像。先去問莉莉他們怎麼想吧！」

薇爾貝沒聽說他們又出去打，當場就嘗試聯絡。

莉莉和威爾巴特很快就到了。將剛剛的消息告訴他們後，兩人也和薇爾貝一樣覺得不對勁。

「死成那樣，不太像是被王打死的。雖然說【聖劍集結】板凳很深，換個位置再打並不難……」

「那幾乎是所有人瞬間死光，這點很讓人在意。【聖劍集結】是很強沒錯，可是這和他們的打法不太一樣。」

【聖劍集結】的風格是依靠完善的強化與防禦技能，以及較高的個人等級，謹慎地贏得眼前戰鬥鞏固優勢，用如此老派的強悍打出一片天。因此破綻和弱點都少，很難突然潰不成軍，十分穩定，但這也表示很難像這樣瞬間就結束戰鬥。

「更像是……蜜伊或薇爾貝那樣，需要有那種大範圍火力和能夠配合的輔助能力。芙蕾德麗卡和多拉古不是不可能做到……」

莉莉的直覺是這麼說的：

「但我想應該是【大楓樹】。我在之前戰鬥裡看到梅普露用了沒見過的武器，如果那具有比我們所知的防禦力更厲害的能力……或者說來自未知的技能……」

那就很有可能了。三人也贊同莉莉的看法。

視線範圍內所有玩家一個也逃不掉的爆發力——若談起這種印象，會想到的不是【聖劍集結】，而是【大楓樹】。

「才聽說蜜伊成功趕跑他們而已，他們反擊得還真快。看來這場仗還有得打呢。」

以為占了優勢，稍有空隙就被扭轉回來。那麼這邊有必要持續進攻，而且效率要更好。

「靈活度很重要，我們四個去吧。」

「收到！」

「雛田，請妳跟平常一樣拖住敵人。」

「好，沒問題。」

「那麼莉莉，我們往哪邊走？」

「威爾，用你的『眼睛』尋找敵人的核心玩家，主要是公會會長那些。要在損害擴大之前，消滅能改變戰況的玩家。」

「知道了。」

「嗯～！熱血沸騰的啦！」

要準確且正確地打倒支撐敵方陣營的玩家。這四人做得到。

不是只有大型戰鬥能左右戰況，四人就此出城。

「那就一起跑起來的啦！【電光飛馳】！」

薇爾貝提升全體移動速度，威爾巴特也進一步施予強化。

雛田照常操縱重力飄在薇爾貝身邊，薇爾貝看著威爾巴特，等他指示方向。

「敵人沒那麼快打到我視線範圍裡來啦。中央主戰場有【炎帝之國】坐鎮，應該不會垮吧。」

「那我們往哪走？」

「……這個嘛，就先去那個死很多人的地方看看吧。有威爾的搜敵能力，不怕中埋伏。」

有必要確定疑似【大楓樹】的未知威脅是否仍在入侵。目前，莉莉這邊完全不了解消滅那兩支部隊的人在做些什麼。

為避免再有人受害，必須及早查明。

「出城的時候順便交代一下，不要再讓人靠近那一帶。」

這邊人數少，只要威爾巴特先發現敵人，雛田再拖住他們，即可輕鬆撤退。四人盡可能減少風險後開始移動。

「嗯……這表示有人成功溜過我們的防線了吧～不可能完全沒有其他玩家嘛。」

「就是啊……可能是用了隱形的技能之類的。」

「絕德能靠魔寵把整團人隱形，用技能突破眼線少的地方是很有可能的。」

「我會注意的啦！」

城鎮附近當然是還沒有敵方玩家，四人很快就接近問題區域。走在通往該處的間歇泉散布區時，也沒有見到敵蹤。

「都是在前面那團霧裡死掉的嗎……」

「那邊正好適合偷襲……要小心一點。」

「對呀，要做好隨時放技能的準備。我先來看看有沒有人在。」

威爾巴特說完便注視起前方濃霧瀰漫的區域。

「喔，真想不到……」

「看到什麼了嗎？」

「……前面到處都是陷阱，主要是炸彈。」

「這樣啊。也就是想打他們的話，會先變成焦炭的意思。」

「在那團霧裡面嗎？」

「對。不過……有件事我想了解一下，跟我進去吧。裡面沒有敵人，跟在我後面就沒事了。」

威爾巴特似乎很確定陷阱的位置。薇爾貝是其他公會的人，基本上是競爭對手，對他了解得不多。聽他的語氣，那不是預測或猜想，而是用自己的眼睛確切看見了某些事物。

「唔唔唔，看起來好像沒用技能就看得見……」

「怎麼樣，這眼睛很棒吧？」

「對呀。能躲掉陷阱這點……真的很有幫助。」

霧裡，三人按吩咐小心跟隨威爾巴特，看他停就停。

「這類炸彈光是碰到不會爆炸……我試試。」

「什麼都沒有啊？」

威爾巴特將手伸向空無一物的空間，捧起看不見的東西往空中高高一扔，拉動弓弦。

「雛田小姐，請準備抵擋爆炸，以防萬一。」

「知、知道了。」

緊接在雛田答覆後放出的箭在空中命中目標，引起劇烈爆炸吹散霧氣。

「好像……沒有點燃其他炸彈。」

「喔喔～嚇我一跳。」

「這一帶到處都是隱形炸彈，而且都有裝引線。要是亂引爆，這整個區域都……」

「沒有威爾巴特就不能接近了。」

「是的，不曉得還能用什麼方法看出來。」

在炸彈放置時間結束或是動手拆除之前，這裡都是禁區。因為只要敵人在需要時引爆，就會造成嚴重損害。

「那我們就全部清光光的啦！你都看得見了嘛！」

「哈哈，看樣子……是想靠拳頭嘍。」

「我只會靠拳頭嘛！」

「ＯＫ。那麼各位請後退一點，被炸到就不好玩了。」

四人暫時遠離雷區，莉莉和威爾巴特切換裝備，用士兵造牆，雛田再用冰補強，盡可能抵擋爆炸。

「隨時可以開始。」

「【雷神再臨】！」

薇爾貝使用技能，全身電光奔竄。

「【紫電】！」

紫色電光順正拳延伸線射去沒入霧氣，隨後爆炎吞噬整片視野，將周邊化為焦土。

「【傀儡城牆】！」

「【冰牆】！威、威力好誇張……！」

不像是道具造成的異常威力，讓雛田急忙補充牆堵隔絕火焰與衝擊。

假如在四面都會波及的地方引爆了，後果不堪設想。

「……好像結束了。」

「炸彈全都連鎖引爆了的樣子，這樣就安全了吧。」

「我去公告一下。進入敵陣時可能會遇到這種陷阱的事，每個人都要知道才行。他們造成的壓力也不小嘛。」

知道威爾巴特可能在後方虎視眈眈，會對梅普露這邊陣營的推進造成壓力，而這些炸彈並不在其之下。

「知道了。」

「威爾，我們繼續往前搜，然後直接進入敵陣開打。」

「終於要開打了嗎！」

「有點……緊張。」

「我們會專挑有利的時候出手，放輕鬆就好。」

最適合安全突破這個區域的威爾巴特和莉莉繼續帶隊處理炸彈，往敵陣前進。

眼前是一塊又一塊梅普露靠防禦力強行突破的地形。

四人的攻擊能力十分優秀，防禦面卻不及梅普露，不得不繞過某些地形。

「這附近因為地形限制，路線很好猜。他們的射程應該沒有威爾那麼遠……不過敵陣就快到了，提高警覺。」

「呼……沒錯。」

薇爾貝也感到接敵時刻已近，集中心神。

在前進一小段後，有玩家進入威爾巴特的搜敵範圍。

「有人。距離很遠，兩個。大概是哪個公會的偵察兵。」

「射得掉嗎？」

「ＢＵＦＦ夠就行。」

「ＯＫ。【王佐之才】【戰術指南】【理外之力】【賢王的指揮】【以身為糧】【忠告】。」

威爾巴特全身因莉莉的技能散發光芒，稍微調整位置後拉緊弓弦。

「【長程射擊】【拉滿弓】——【全神一射】！」

加長射程的必殺一箭拖曳紅色特效鑽過林縫。

威爾巴特再一次抽箭上弓，對三人看不見的遙遠敵人放箭。

「呼……可以了，都死了。」

「真、真的啊？」

薇爾貝看都沒看見就聽他說擊殺成功，也是難免。

「威爾不會在射箭上騙人的啦。」

「兩箭就處理掉，接下來就沒事做了呢……」

或許難以置信，據威爾巴特表示，他是抓準對方從樹幹後探頭查看那一瞬間出手的。

「打得贏的……人數不多的話，就讓我來打吧。此外的，就麻煩各位掩護，確保退

路了。」

「到時候就換我們出場了吧！」

「對，就是這樣。」

威爾巴特接下來也用他異常的準度先發制人，單方面葬送只有他看得見的遙遠敵人。

順利前進一會兒後，威爾巴特忽然停下。

「薇爾貝小姐，該妳上場了。」

「……！」

那表示前方出現了與其他玩家有明顯區隔的強勁敵人。

「我同樣打第一下，請妳在那之後衝進去。」

若以中箭開場，薇爾貝的追擊更容易一舉擊敗目標。

於是威爾巴特登上彈道暢通的近處高台，薇爾貝小心翼翼地縮短距離靜候時機。

◆□◆□◆□◆□◆

先被威爾巴特發現的是絕德和多拉古，他們在倒塌遺跡裡的粗大石柱後方戒備。

「芙蕾德麗卡那邊不知道打得怎麼樣。」

「她是該認真就會認真的人，不用擔心這個吧？每個法術都開下去的話，也是很強的DPS喔。」（註：DPS是「Damage Per Second」的縮寫，意思是「每秒產生的傷害」。）

「說得也是……？」

「怎麼了？」

「呃，我也不肯定。有種被盯上的感覺。」

「喔？……OK。」

那只是單純的直覺，目前沒有任何憑據。不過絕德的直覺至今已幫助【聖劍集結】死裡逃生無數次，值得信賴。

「雖然這招比芙蕾德麗卡那招還寶貴……該用還是要用。」

「對啊，小心點好。」

「疾影，【追蹤獵物】。」

絕德身旁的疾影腳下接連出現狼形黑影，同時向外飛奔。

這是個冷卻時間長，但能大範圍安全搜敵的技能。

其中一隻在不久之後發出嘹亮的長嚎。

「【雷神再臨】！【落雷原野】！」

該處緊接著打下劇烈落雷，讓他們了解那裡有誰。

「哈！……太麻煩了吧！」

「嘖，來了個難搞的傢伙。」

會做出那種事的玩家只有薇爾貝一個，沒別人了。

「從疾影回報的感覺來看，範圍裡至少有兩個人。就是薇爾貝和她的跟班……雛田，那個專削能力的。」

「我先通知一下喔。好，那我們怎麼辦。她好像沒有要直接衝過來的樣子。」

對方打出了誇張落雷，卻沒有出擊的跡象。兩人知道雷聲沒有接近後，迅速擬定作戰計畫。

「……包夾她好了。雖然說有點風險。」

「沒問題！我本來就是打算這樣。釣到最棒的獵物豈有不打的道理！」

「呼……上吧。記得把厄斯準備好喔。」

絕德提醒多拉古一聲後做好準備，兩人衝出柱後。

就在這時，先一步出擊的多拉古還來不及反應，身體已被箭矢貫穿。

身旁的魔像厄斯身上同時爆出特效，ＨＰ只剩下１。

「……嗯，他果然來了。」

「【裂地斧】！厄斯，【石罩】【路障】【重新建構】！」

多拉古用擊退技能阻止薇爾貝接近，並叫厄斯造出大量石牆阻隔彈道。

「哈哈！絕德你直覺很準喔！」

「……我還希望猜錯了咧。」

事先使用厄斯的【轉移傷害】，使厄斯承受了這次攻擊。儘管連免死技能都用掉了，總比死了好。

「左邊高台吧。這樣我打不到，要利用牆壁喔。」

「好！」

威爾巴特距離很遠，所幸這裡遮蔽物多。他們決定利用牆壁躲避支援射擊，拿下眼前兩人。

「反應很快……真厲害！衝不過去的啦！」

「是吧！我要回敬了，接招！【狂戰】！」

多拉古放個強化就一手掄起巨斧衝過去。論武器範圍，他是壓倒性地有利。在這近似二對二的狀況下，他們要在【Rapid Fire】有下一步行動前讓這兩人付出慘痛代價。

「【風暴之眼】！」

以薇爾貝為中心迸射的電光，伴隨落雷襲向快速接近的多拉古。

「厄斯，【避雷針】！」

「疾影，【影群】。」

但他們當然不是毫無準備。厄斯的技能造出的石柱將廣域攻擊吸走，多拉古和絕德

召喚的狼群一起衝鋒。

雖然【避雷針】隨即就被薇爾貝的強力雷電摧毀，有這麼一瞬間就夠了。

可就在還差幾步就能進入巨斧範圍時——

「【悲嘆之河】。」

強烈寒氣吹掃而過，將所有物體凍成冰雕，釘在原地。

「【電磁跳躍】！」

在進一步遭到雛田削弱，防禦力幾乎為零的瞬間，薇爾貝高高躍起。

「【轟雷】！」

從薇爾貝向外迸射的雷柱吞沒狼群與多拉古，照亮天空。

當強光消退，薇爾貝朝前方說：

「厲害喔，這就是那個鑽地的技能嗎？」

「……唉，好難打。真的好強啊。」

「讚喔，絕德！話說，她們用掉一個了吧？」

「對，算是有賺。」

雖然不能移動，仍能使多拉古潛入地面躲避攻擊。再來就是等【悲嘆之河】效果結束再遠離。

「定身技能效果強，冷卻時間都很長吧？全部讓她用一用。」

「……我不會輸給她的。」

考慮到雙方技能的冷卻時間，多拉古和絕德交換前後位置。

「箭雨也來嘍！」

多拉古補充石牆並朝絕德這麼喊時，他已經衝出去了。

「無所謂。」

薇爾貝看匕首範圍和拳頭差不多，也一起衝上前去。雛田降防禦力的技能無法迴避，中了就會死，可是那對絕德來說是稀鬆平常的事。

「這點都搞不定，那我還打什麼東西……！」

絕德躲過箭雨，連薇爾貝的閃電雨也一起閃避。

雷不會連續打在重複的位置，中間有一小段時間。儘管無法像莎莉那樣保持前進，專心躲避還是躲得掉。

只要速度夠快，雷就追不上。

「【極速】！」

絕德急劇加速，抓準空隙猛力向前一步。

「【凍結大地】！」

「【震懾閃光】！」

「我退就沒事了。」

絕德發動技能，迅速脫離技能範圍。由於被逮中一次就完蛋，要引誘對方使用技能，抓準冷卻的時機。

「唔唔，很會喔！」

「不客氣。玩匕首的不會閃就死定了。」

在操作精度上，是絕德和多拉古占優勢，薇爾貝和雛田則是用強力技能彌補這部分。雖然現在打得很順利，但始終是如履薄冰。

「那就……再加強難度的啦！」

薇爾貝喘口氣重整架勢重新來過。

「【過載蓄電】！」

「……！」

薇爾貝胸前的黃色寶石隨技能發動迸射強烈電流，異常粗大的雷柱傾注而下，且範圍逐漸擴大。身上電流爆裂得更厲害，化成蒼白光輝更快速地燒焦周圍事物。

「範圍變這麼大，你就沒那麼好躲了吧？」

「是沒錯。」

真是強橫誇張的招式。看見薇爾貝的雷柱愈來愈粗，絕德決定撤退。

那種近乎暴力的強大，不是能靠細緻進退累積優勢等技術性打法可以應付。薇爾貝暗藏的技能對以近戰為主的他們太過不利。

「多拉古，下次再說！疾影，【影世界】！」

「厄斯！【地震】！」

多拉古施放妨礙移動的技能阻絕對方接近，隨後潛入疾影張開的暗影中，一口氣拉開距離。

「那種的要帶梅普露來打了。」

「是啊。最後那招根本是變成一整個光柱了耶？」

既然完全沒有閃躲空間，迴避和周旋就失去意義了。薇爾貝只需要無腦向前，把敵人納入攻擊範圍即可。

「如果追過來，就照計畫包圍她。我們已經爭取夠多時間了。」

能見到她的新技能已是足夠收穫。為完全排除進入雛田定身技能的範圍，以及【Rapid Fire】的追擊，兩人急速撤退。

◆□◆□◆□◆□◆

薇爾貝沒追多久就追丟他們，於是解除技能。

「如果我也有那種眼睛就好了……」

「我們先回去莉莉小姐那邊吧，繼續追他們會有危險。」

兩人就此返回來路，與莉莉他們會合。

「被他們跑掉了。」

「真可惜，但也是沒辦法的事。對方撤退的方式和開戰時的應變都做得很好。」

「他們好像沒放技能……我們還躲得很遠，結果還是被他們發現了的樣子。」

「這部分可能是靠經驗。他們的攻勢很有一套，會在這時候撤退，是因為感覺到情勢太糟糕吧。」

對方反應很快，威爾巴特沒有造成太大威脅，這次撤退是認為難以戰勝薇爾貝和雛田的緣故。

「希望下次是在他們更難撤退的狀況下開打。」

「我會在那之前把電充回來的啦！那我去附近打一下怪物……」

「這樣啊？威爾，附近有嗎？」

「往東不遠有一個不錯的地方。」

薇爾貝的【過載蓄電】不是隨時能用的技能。如名所示，需要充電。

「有必要趕快把這個技能補回來。目前那對敵軍來說是最大的威脅。」

破壞力凶悍到【聖劍集結】的兩名主力都要立刻撤退，最好是盡快恢復到隨時能用。於是四人暫時往東方走，幫薇爾貝充電。

第四章　防禦特化與祕密武器

多拉古和絕德平安撤退並回到城鎮附近時，正好遇上對公會成員下新指令的培因幾個。

「嗯？回來啦。」

「啊～遇到幾個麻煩的了。本來想叫支援圍殺他們……不過沒有追過來。」

「【Rapid Fire】和【thunder storm】都來了，不過看樣子只有那四個而已。」

「嗯……四個人就不會往這裡走了吧，但還是小心一點。」

從沒有勉強追擊絕德和多拉古，可以看出他們只是想全力打倒眼前敵人，不打算冒多餘的險。

「沒有無腦到會直接往城鎮殺過來是吧。」

「以薇爾貝那個架勢來說，真的這樣搞也不奇怪啦！」

「對了……我們讓薇爾貝用出一個沒看過的技能了。培因，也跟【大楓樹】說一下吧，尤其莎莉特別需要。」

「這樣啊？說來聽聽。」

絕德便將【過載蓄電】的事告訴培因。想安然對抗那種技能，不是靠強力遠程攻擊，就是需要衝進去也沒事的防禦力。

「知道了。我會轉告給【大楓樹】知道，正好芙蕾德麗卡就要跟他們一起回來了。」

「喔喔，已經打完啦？那邊滿順利的樣子。」

【大楓樹】帶芙蕾德麗卡到另一邊裝炸彈去了。有莎莉和音符的力量，搜敵會更為穩固，更容易潛入。

「對了。說到這個，還有一件事。我們這邊也有聽到爆炸聲，可是規模比聽說的小，聲音也不一樣。說不定露餡了喔。」

「聽起來，不是威爾巴特就是雛田吧。他們可能會有降低損害的技能。」

戰場上不可能事事順遂。不過知道計畫生變，也是有其價值在。

「找機會休息吧，可能會發生大型戰鬥。」

「好！」

「啊……我會的。累死我了。」

兩人說完就往城鎮裡走。

不久，【大楓樹】和芙蕾德麗卡等九人跟他們換班似的回來。

「喔，培因～！都沒事吧～？」

「沒事，都沒人來。妳那邊怎麼樣？」

「這邊很順利喔～還把發現的敵人都幹掉了～麻衣跟結衣隱形溜過去，可以讓對方瞬間死光，連發生什麼事都不知道吧～？」

「幸好很成功！」

「因為芙蕾德麗卡姊姊把敵人的位置都告訴我們了……」

敵陣還沒意識到這種藉朧和湊達成的暗殺。

死人不會說話。只要沒人存活，對方就不會知道發生了什麼事。

「我們還放了很多炸彈喔！」

「至於成果……」

莎莉正要說明時，遠處森林正好連續爆出巨大的沖天火柱。那爆炎的威力和規模之大，恐怕附近不會有玩家生還。

「……好像還不錯。」

「看來是這樣沒錯，很高興你們這麼快就取得成果。」

「趁早撤退果然沒錯。」

「不分敵我這點實在很可怕。雖然說已經事先公告了，怕還是會有人遭到波及……」

「對呀～沒辦法保證不被炸到嘛。」

「是因為我們先打死幾個，引來了另一隊嗎？」

雖不知成果實際數字如何，應該是相當可觀才對。

既然打出了成果，【大楓樹】也要和絕德跟多拉古一起稍作休息。到了前線就可能隨時接戰的狀況，很消耗體力。

為了不在重要時刻昏了頭，需要不時放鬆。

「絕德跟我說了一些事，有需要跟莎莉說。」

「跟我？知道了。」

莎莉請梅普露幾個先回去休息，留下來聽。

培因說的當然是絕德要他轉告的事。

「原來如此……」

「妳之前跟薇爾貝對戰那時，她應該沒用過這一招才對。」

由於和【聖劍集結】結盟，莎莉將她和薇爾貝決鬥時見過的技能都分享出來了。

「她說過她還有絕招沒用出來，說不定就是指這個。這部分我會再注意。她這樣的我實在沒辦法打……我有機會就問問伊茲姊有沒有哪裡的炸彈被拆掉。」

「好，謝謝。另外，我想聽聽妳對目前戰況的看法，給未來的作戰計畫作參考。」

莎莉是【大楓樹】的軍師，所以培因才請她留下來。

「……感覺戰況沒有我想像中的激烈。我自己也不會深追，說起來兩邊都一樣怕死吧。」

「我也是這樣想。絕德要顧多拉古，薇爾貝應該是追得上。到處都有人死掉，可是前線一直都是在中間，動都沒動。」

還沒有某一方大舉推進，是因為死亡數還沒高到足以造成壓倒性的人數差距。活動時間還很長，沒必要急於一時，一次也不能死的規則也導致玩家盡可能避免過大風險。

儘管不時出現預料不到的場面，例如蜜伊的【黎明】、梅普露的【滅殺領域】等破格威力產生了眾多淘汰者，但這些都顯然不會直接影響勝敗。

雙方都不肯多踏一步，使得平衡持續到現在。

「感覺是需要一個引爆點呢。這樣的話……」

「沒錯。現在有一個時間點是一定會引發戰鬥，到時候必定會有眾多玩家聚集，戰況因此會發生巨大的變化。」

培因和莎莉想到的都是同一件事。

那就是怪物大舉攻向敵陣的事件。在那段時間若不幫忙處理，己方怪物會從敵方玩家密集處開始消滅，讓敵方大軍伴隨怪物湧向城鎮。

若兩軍都趕往前線以避免這種事發生，勢必會引發大規模衝突。

那麼第一個重點，就是能否取得優勢了。

「對方應該會以【炎帝之國】為中心從中央進攻。建造不易攻破的堡壘，守在前線

就是在等待機會吧。」

「【炎帝之國】的陣形真的很強，配合他們自然會得到最好的成果……」

莎莉也無異議。若是讓蜜伊帶著大軍一路殲敵前進，恐怕連從地面接近敵陣都辦不到了。

那麼這邊的選擇只剩向正面交鋒，或者像之前那樣，從邊緣攻打王城施加壓力，看他們敢不敢賭。必須考慮清楚才行。

「培因你怎麼想。」

「我覺得……在中間一決勝負比較好。」

「……這倒是有點意外。」

「哈哈，真的嗎。我無法想像忽略【炎帝之國】和【thunder storm】不管，中間會變成什麼樣。被他們完全突破就賭不起來了，太危險。」

非得抵擋敵軍不可。或許是個消極的理由，可是【炎帝之國】和【thunder storm】所帶動的集團戰戰力，的確有高過己方的感覺。

「但話雖如此，戰況可能還是很不利。可以的話，這兩條路我都不想選。」

到了這裡，莎莉總算聽出【聖劍集結】是想藉【大楓樹】找出突破口。

「我是有幾個能翻轉戰況的手段。尤其是在正面對撞的時候，人數愈多愈有效……不過，也不是說做就能做就是了。」

莎莉稍微別開眼睛，話說得頗為含糊。

「能說說看嗎？」

「細節可以先回城裡再說嗎？這件事，我不方便自己決定。畢竟活動結束以後，【聖劍集結】一樣是競爭對手。」

「嗯，看來是個很強大的祕密武器。我當然是不會勉強。」

「我是不覺得梅普露會拒絕啦，這個但書只是我在雞婆而已。」

把握時機全力奪勝。目標就是這麼一句話，後續的事可說是再想就行。

莎莉就這麼將培因帶到有絕招能翻轉戰況的不二人選——梅普露身邊。

先回城的【大楓樹】像是在等他們談完，和上城牆搜敵的芙蕾德麗卡告別後，在城門邊的空間休息。

「啊，莎莉！你們講完啦？」

「嗯，我們自己能處理的部分。」

「……？」

「接下來要講的，跟妳有關係。」

未來必然會有一場至今規模最大的戰鬥。對於梅普露如何進場，莎莉已經想好了一套劇本。

「梅普露，我想到時候妳會用到那個。」

「……！嗯，那個是吧！」

「為了達到最好的效果，需要讓大家都知道它的能力……」

「沒關係啦！沒說清楚的話反而危險嘛！」

「哈哈，自己人會有危險啊……真可怕。」

看來祕密武器不只是保護周圍同伴而已。

培因的想像偏向不分敵我的大範圍攻擊。

「那個啊……」

「是啊，真的有必要先說清楚。」

「尤其是周圍人很多的時候。」

「就是啊。」

「不然的話……」

「會發生很恐怖的事。」

看慣梅普露各種奇招的【大楓樹】表情都這麼微妙了，培因不禁對是否真的該用產生些許動搖。然而既然是那麼可怕的東西，只要劑量和用法正確，一定能藥到病除。

「可以的話，就說說這個祕密武器吧。」

「好！」

梅普露興沖沖地答覆，將細節說給培因聽。

「……原、原來是這樣。難怪【大楓樹】會有這種反應。」

難得表情尷尬的培因吁口氣讓自己鎮定下來，以這技能為前提設想作戰計畫。

「首先必須讓人往中間集中。主要是【聖劍集結】和【大楓樹】，其他公會也盡可能拉過來。到時候需要把這招對每個人說一遍，可以嗎？」

「可以！」

「不然的話，根本沒辦法說用就用……」

「嗯，這個……是沒錯。」

梅普露爽快答應要在眾人面前公開祕密武器的事，再來就是集合和說明而已。

「我有用道具錄影，集合以後播放出來會比較清楚吧。」

「喔喔，妳有錄喔？」

「聊到說不定會用到的時候，我就覺得這樣比較快了。」

「嗯嗯，所謂百聞不如一見嘛。」

為了及時配合怪物總攻擊的時間，眾人馬不停蹄地進行各項準備。培因接著表示，有必要在那之前改變【炎帝之國】盤據中央的現況。

「這部分就交給我們試試看吧！」

「梅普露，你們已經有計畫了嗎？」

「對！」

見到她答得這麼有信心，培因也願意放心將【炎帝之國】交給【大楓樹】，用【聖劍集結】會長的號召力召集人手。

【聖劍集結】這樣的大型頂尖公會動起來，相信會吸引不少玩家加入這項計畫。在召集人手上，【聖劍集結】比【大楓樹】合適得多了。

就這樣，各方為執行各自的計畫展開行動。

要盡可能將自己推上更有利的位置，以備決戰之時。

◆□◆□◆□◆□◆

【聖劍集結】召集人手時，【大楓樹】走上了野外。

【炎帝之國】在中央布下堅固防線慢慢推進戰線，需要在中央大戰爆發前牽制他們。

為了盡量將條件拚回對等，【大楓樹】要執行他們準備好的計策。

「目前戰況嘛……都在用最大射程丟魔法的感覺。」

奏用雙筒望遠鏡遠遠觀察戰場。大家都知道，魔法射程基本上就那麼遠。若在最大射程邊緣布下魔法部隊，即使【炎帝之國】有強力補血和障礙物所支撐的防禦力作後盾，還是很難擊破在安全距離攻擊並保持前進的魔法部隊。

不過他們仍以馬克斯的【一夜城】為中心，利用水或岩石構成的護壁持續無損施壓。

「再過去的話恐怕會被蜜伊燒焦。還滿聰明的嘛。」

「那我們就要趕快過去支援才行了。麻衣，結衣？」

「「好！」」

她們就是本次作戰的關鍵。

梅普露發動【獻身慈愛】，盡可能降地她們陣亡的可能，往事先調查好的位置移動。

登上山丘，來到突出的懸崖邊緣查看展露於眼下的戰場。魔法射來射去的主戰場在較遠的位置，這裡在射程之外，不易受到干擾。

反過來說，遇到比魔法遠的超長射程攻擊就沒輒了，但【大楓樹】當然沒那麼好打發。

「那就開始布陣吧。」

「好，我拿出來。」

伊茲取出的是頂部呈盤狀，形狀類似高爾夫球座的東西。不一樣的部分，是尺寸，居然有梅普露腰際那麼高。

克羅姆和霞各拿一個插進地面，確定穩固後對伊茲使眼色表示完成。

「這邊看妳們的嘍。」

「「好！」」

伊茲接著取出的是早已成為【大楓樹】招牌的鐵球了。

然而奇怪的是，原本很普遍的鐵球和平常有點不太一樣。

首先是尺寸。有兩個梅普露疊起來那麼高，除結衣和麻衣外恐怕沒人搬得動。

再來是材質。伊茲做的鐵球不僅有原來的強度，還像玻璃一樣透明，可以直接看見另一邊的景物。改變外觀這種小事，對伊茲來說是易如反掌。

「好了！」

「底座也不會斷掉的樣子……沒問題了。」

兩人各將鐵球放上球座，鎚頭拄地確認前方情形。

「「三、二、一！」」

隨倒數揮出的巨鎚準確擊中鐵球中央，以肉眼追不上的速度射向空中。

「喔……飛好遠喔。」

「這種事誰也學不來，敵方想不到吧。」

「再來再來再來～」

沒有技能的射程限制，純靠力量的暴力手段，產生了超乎常理的飛行距離。只要能飛到目的地，因墜落而提升威力的鐵球就會炸翻地面。

「透明的很不好認呢。這樣的話……」

「打到打中就對了。」

「麻衣～！結衣～！加油～！」

「好！」

「來多少打多少……！」

「放心，我有通知過了，不會打中我們的人才對。」

目的是牽制。準度不高也沒關係，只要一轟再轟，讓敵人不想再待在隕石墜落區就行了。

◆□◆□◆□◆□◆

短短幾秒後，大到不能稱為雨滴的巨大透明硬球接連砸進【炎帝之國】陣地。

「喔喔！怎、怎麼了？」

「敵人打過來了……這、這是什麼魔法？」

「所有人張開護壁！米瑟莉！」

「是！」

儘管是結衣和厤衣所擊出，只要在開始下墜後命中就是下墜傷害，以【炎帝之國】的強度而言不至於一擊殺。但如果被直接壓住，就會在難以獨力脫逃的鐵球底下受持續傷害到死。

「馬克斯！」

「我用監視器看了……沒有魔法陣，幾乎是從正上方掉下來的。什麼啊……」

「不能再這樣下去。馬克斯，是誰！」

「不曉得……找不到像是在放技能的人。」

「我是補得起來，可是這樣有點……」

四人打籠城戰的【一夜城】，和周圍布置的護壁都有耐用度。要是這場攻擊持續不斷，會有全被破壞殆盡，完全失去保護的危險。

「蜜伊，怎麼辦？」

「……稍微後退一點吧。單方面挨打太危險了。」

蜜伊也看得出敵方的用意是逼退前線。

雖然這決定等於是甘願退讓，但蜜伊也和其他玩家一樣，希望慎重行事降低死傷，不想在這裡勉強。

「馬克斯，陷阱呢？」

「我留幾個條件嚴，不容易啟動的下來。」

「那好。辛恩，呼叫全軍撤退。」

「好的！那我放信號嘍！」

兩人分別準備撤退時，蜜伊嘆了口氣。米瑟莉見狀湊過去悄悄說：

「能做出這種事的……只有那兩個吧？」

「嗯，叫麻衣跟結衣吧。如果能用八把巨鎚把ＳＴＲ撐起來，說不定就能從很遠的地方攻擊了……」

這射程連魔法師和弓箭手都會大吃一驚，而且威力十足，棘手到不行。

「還以為她們專打近戰呢……」

「還可以變成砲台就是了。」

站到她們的對立面後，反而見識了由其能力值無法想像的柔軟度，要注意的事又多了一個。這時，辛恩和馬克斯做好撤退準備回來了。

「好！蜜伊，我把公會的人都叫回來了！」

「我也隨時能走。」

「嗯嗯！……知道了，先撤退！馬克斯！」

「【對調】。」

【炎帝之國】將【一夜城】的位置與預先放在後方的陷阱對調，在保留速成堡壘的情況下瞬間轉移到後方。

◆□◆□◆□◆□◆

「嗯……對方撤退了的樣子。好像沒發現我們的位置。」

「喔，所以是成功了的意思嘍？」

「麻衣跟結衣果然厲害！好誇張的攻擊喔！」

「謝謝！」

「伊茲姊不好意思，用掉妳那麼多……」

「沒關係沒關係。其實……不這樣用也沒地方用啦。」

「說得也是。」

「感覺就是專為這種事而誕生的道具呢。」

「這樣對方就不會那麼大膽了吧。然後呢，需要再稍微追擊一下子。」

「「好！」」

表現出戰意高昂，可以讓敵方不敢妄自上前。在互相牽制時，主導權會落到造成較強壓力的一方手裡。

「再來……要趁現在試試看嗎？我想應該沒問題。」

「那就先試一次吧，當作複習！」

「「知道了！」」

梅普露接受莎莉的建議，進入伊茲準備的膠囊，在兩側支柱的支撐下吊上空中。這是活動開始後才趕工出來的東西，但伊茲產品一向是品質有保證。

「梅普露～？可以嗎？」

「ＯＫ～！」

結衣和麻衣聽膠囊裡傳來活潑的答覆，一左一右地站到膠囊邊。

梅普露的【長毛】每天只能用一次。若要在用掉以後準確擊出梅普露，就需要有足夠強度和大小的外殼。

「「三、二、一！」」

默契絕佳的兩人從正下方高揮巨鎚，擊出巨大金屬碰撞聲，將裝有梅普露的膠囊垂直打向天空。

「飛好高喔。」

「就算知道撐得住，我也不想進去。」

「哈哈哈……反正這個計畫預定是讓梅普露單獨執行嘛。」

「……沒有掉下來，是表示成功了嗎？」

包裹梅普露的膠囊在途中由內爆炸自毀，梅普露再順爆炸推力彈得更高。穿過雲層，飛上高空的梅普露在空中用【拯救之手】裝上兩面盾牌，並將盾移至腳下，好在變

成自由落體時接住她。

「好～高喔～！」

這是梅普露的自爆飛行到不了的高度。就算騎糖漿飄，也不曾特地花時間飄到這麼高。

只有擁有高度飛行能力的人才能來到這裡，位在技能射程之外。

梅普露確定成功就收起腳下盾牌，墜向地面。

【大楓樹】順利回收插進地面的梅普露，完成作戰返回城鎮。決定和【聖劍集結】一起到前線的玩家已經集合起來，會長們正在互通基本動作。

「培～因～！」

「啊，梅普露啊。很順利的樣子嘛，芙蕾德麗卡很驚訝呢。」

「看到那種東西從天上掉下來，誰都會驚訝吧～？」

「到時候這裡的人都會一起打嗎！」

「對呀。多少會有些增減，基本上當作這些人都會去沒有關係。」

「那我們該來講解這次作戰的重點了。」

莎莉說完就和伊茲一起準備螢幕，並請梅普露實際操作。

「【天王寶座】！【救濟的殘光】！」

梅普露背上長出四片白色羽翼，背後冒出白色寶座。坐上去後，地上有雙重白光布展開來。範圍內的玩家會受到減傷、補血等提升耐力的強力效果。

「這次不能用【獻身慈愛】了。一旦對方開始穿透攻擊，梅普露肯定撐不住。」

【獻身慈愛】搭配梅普露的防禦力固然強大，但也如眾人所知，大多玩家都知道那有多強，對策已經準備得很完善了。

強行保護比平時更多的玩家，瞬間就會倒坦。

「所以要直接提升各位的耐力。只要梅普露不倒，ＢＵＦＦ就不會消失。」

不是保護，而是提升耐力，請他們自力撐住防線。因【獻身慈愛】而幾乎派不上用場的大範圍減傷技能，這次將會是支撐前線的強力援助。

「有了這個，應該會好打很多。」

「就是啊～」

聚集於此的其他公會得知減傷的比例後，也樂於以此為前提修訂戰略。

「到此為止，是關於各位的安全。接下來要播出另一段影片，麻煩各位在預設她會『散布』這種東西的前提下戰鬥。」

這種令人忐忑的話不像是出自自己人之口，讓所有人都緊張兮兮地注視螢幕。

「…………？」

「這什麼東西？」

「？？？？？」

首度對其他玩家公布的技能，讓他們頗為震撼地收進了心裡。久久不消的議論，即是最好的證明。

「培因，這就是梅普露最新的祕密武器。」

「……知道了，我會小心。」

「啊哈哈～太厲害了吧～？為什麼自己人要小心啊～」

說好「散布」前會打照明彈作信號後，眾人耐心等待必將到來的正面衝突，準備幫助梅普露成功執行祕密武器。

第五章　防禦特化與黑暗漫流

在不時送結衣和麻衣上前線，適度灑灑鐵球雨的幫助下，敵方不再有激烈攻勢，怪物總攻擊的時間就此到來。

這段時間，所有怪物都會朝敵陣大舉移動，極有可能破壞戰局均衡。即將出擊的玩家們，透來陣陣的緊張。

「終於到了呢，莎莉！」

「嗯，用一舉定江山的心態來打吧。」

梅普露無疑是這場戰鬥的要角。沒有【不屈衛士】固然危險，但這部分會由莎莉彌補。無論再難，她都要保護梅普露。

整體指揮交由【聖劍集結】等大公會幹部執行，【大楓樹】是配合指揮半自由行動。

「前線就交給你們啦。」

「我們會在後方支援的，加油喔。」

「「我們會幫大家加油的！」」

結衣和麻衣、克羅姆和伊茲留在後方。現在的結衣和麻衣在後方就能造成十足威脅了。

「對不起，都是我不能用【獻身慈愛】……」

「哈哈，把敵人殺光，不讓他們到後面來就很有用了啦。」

「好，我一定努力達成使命！」

「不、不需要太勉強喔？」

眾人各自打氣時，野外狀況開始亂起來，表示所有怪物出動的地鳴聲響起。

「往中央進攻！」

培因的呼號帶動所有公會，全員齊步並進，奔出城鎮。

「梅普露姊姊！」

「要打嘍……！」

「嗯！我準備好了！」

「「三、二、一！」」

在全體出擊的大軍旁，梅普露迅速進入膠囊，藉結衣和麻衣無與倫比的膂力飛上高高的天空。

「準備好了吧。」

「奏、霞，你們跟大隊一起走。」

「照計畫來是吧。」

三人跟在部隊後方邁向前線。

天上，已經有一大排龍等具飛行能力的怪物。地面上奔跑的主要是野獸型怪物，身上纏帶充滿國家特色的火焰與雷電。莎莉等人混在怪物裡進軍後不久，地平線上出現一團黑影掀起滾滾沙塵，一會兒後，戰場中心多了座巨大堡壘。

不會錯，【炎帝之國】就在眼前。

「終於要開打了嗎。」

「神經要繃緊一點喔。」

「首先呢……」

就在兩軍對陣，只要有一方發動魔法攻擊就會引發雙方開戰之際——

敵軍後方冷不防出現圓形的暗紅電光，無情焚燒範圍內所有生命。

效果、威力和來源全部不明。當敵陣因脆弱的後衛持續掉血而混亂時，【聖劍集結】帶領全軍進攻了。

「空中戰略兵器出場啦！」

見到梅普露成功在遙遠上空施放【滅殺領域】，漂亮地先發制人，莎莉在心中叫好。

在【炎帝之國】後方吞噬【Rapid Fire】眾人的黑雷逼退遇襲的玩家，切斷了他們的陣形。

「威爾！」

「我沒事！不過……找不到人！」

「什麼？……威爾的眼睛也看不到？」

從魔法射程外引發這般現象，又能躲過威爾的搜敵能力，實在不太對勁。

「威爾，拿我的眼睛一起找。」

「知道了。」

「【休眠】。」

莉莉身上閃現藍光，雲層所覆蓋的空中也閃現同色光芒，照亮野外。

「【甦醒】！怎麼樣？」

「……上面，是梅普露。」

聽了威爾巴特面色凝重的報告，莉莉迅速展開行動。

「OK，我派人過去。」

該做的事只有一件。她立刻向魔寵能飛的玩家下令，趕往高空擊殺梅普露。

梅普露也很快就發現有許多玩家向她逼近。

「哇！這麼快就露餡啦？」

下方有玩家騎鳥騎龍飛過來，比莎莉的預測早了不少。憑梅普露只是坐在盾牌的機動力，怎麼跑也躲不掉。

「【砲管啟動】【開始攻擊】！」

那就只好別讓他們靠近了，於是梅普露開始射擊。

別忘了她周圍還有【滅殺領域】。如同【獻身慈愛】，它的影響範圍是圓柱型。只要爭取夠多時間，就能讓飛來的敵人全部燒焦，墜落地面。

對上梅普露，想躲避射擊快速接近也不容易，受傷嚴重的玩家依序被迫撤退。

「唔，少囂張了妳！」

「把她拖下來！」

「嗚哇哇！趁來得及快跑！」

梅普露一看玩家接近，便在遭到攻擊前往地面跳。

他們機動力再高，也追不上自由落體。

「【開始攻擊】！」

最後梅普露向上灑子彈，射擊一隻又一隻的魔寵，將接近的玩家全變成自由落體，帶他們一起墜落。

即使現在很多人會飛，天空一樣是危險的地方，必須考慮突然失去飛行能力時該如何處理。

「哇！」

「糟了……！」

「掰啦！」

再這樣下去會波及友軍，於是梅普露解除【滅殺領域】，藉自爆飛向己方。只有梅普露不怕摔而已。

往己方墜落的路上，有個玩家從人群裡跳上空中，用絲線拉住梅普露。

「啊，莎莉！」

「幹得好，梅普露。偷襲很有效果。」

「那就開始下一步嘍！」

「嗯，麻煩啦！」

「【天王寶座】【救濟的殘光】！」

梅普露一改前態，往周圍布展提升韌性的輔助效果。

然而寶座和天使之翼都很顯眼，若不掩飾，肯定會被敵人優先攻擊。

「【冰柱】！」

所以用能夠以物理方式隔絕其他物體的冰柱圍繞寶座。

這冰柱在持續時間結束前不會因攻擊而損壞。雖然梅普露在這絕對的屏障之內做不了什麼事，敵方也怎麼都摸不著這個強力增效機。

「總之這樣就什麼都打不到妳了。」

「謝謝！」

「彼此彼此。大家都能活下來，我就很感謝了。」

防禦完成時，結衣和麻衣也從後方高台上不斷擊出連大砲都失色的巨大鐵球。至此陣形已經完備，要用他們的最大輸出迎戰敵方的全力。

◆□◆□◆□◆□◆

閃光、烈焰。無數魔法如暴風般呼嘯當中，戰力突出者可以有效影響戰線。

「薇爾貝！」

「來了！什麼時候衝進去？」

「麻煩妳配合蜜伊一起衝，一口氣扭轉戰況。在那時候……威爾，我們也上。」

莉莉造出對戰培因時也用過的飛行機械。板狀飛機後方噴射藍焰，輕飄飄地懸浮在空中不動。這次只有兩人座大小高速移動型。莉莉沒換裝，不能大量製造，不過現在只需要和威爾巴特共乘，所以不是問題。

「雛田，要到前面去嘍！」

「好……！」

薇爾貝就此帶雛田上前，準備還以顏色，同時莉莉和威爾巴特也搭乘高速飛機向前飛去。

「【雷神再臨】！【風暴之眼】！」

雷聲在怪物和玩家對撞的交界上轟鳴。

傾注的雷光將周圍的敵對人物一一化為焦炭，就連身上帶閃電，抗電能力高的怪物也不由分說地一併打趴。

這也難怪，因為在四周瀰漫的白霧——強烈的寒氣中，他們的防禦力和抗性全都形同虛設。

「雛田，我要繼續衝嘍！」

「……不好意思，不能再讓妳前進啦。」

「哈哈，我們繼續再打！」

絕德和多拉古兩人擋在她的面前。

要是讓堪稱風暴化身的薇爾貝直接衝進來，一定會造成嚴重的損害，非得在這裡擋住她不可。

這次不能撤退，而敵人也是一樣。

「我不會輸給你們的啦！」

「我們上……！」

「唉～老是做這種吃力不討好的事。」

「對手愈強要愈興奮才對吧！」

「……好吧，也不是完全不懂。」

即使嘴上抱怨，絕德仍架起了武器，多拉古也鬥志高昂地高舉斧頭。

這當中，有幾個玩家從他們頭上高速穿過。敵人也想像梅普露那樣，先對後方的主力部隊下手。

「都要開打了……還看旁邊！【電磁跳躍】！」

薇爾貝帶著藉重力飄浮的雛田，伴隨降低防禦力的寒氣突擊。

「厄斯，【避雷針】！【猛力衝鋒】！」

「【冰牆】！」

雛田用冰牆擋下多拉古的暴衝一斧，薇爾貝再予以反擊。但由於攻擊範圍影響，這拳揮空了。

「【極光】！」

「【石膚】【大地裝甲】！」

「竟然直接衝……！」

薇爾貝打下以她為中心的雷柱而以為多拉古會後退，結果他使用提升ＨＰ的技能強行殺過來。

「【烈焰斧】！」

「【卸轉】！【重雙擊】！」

「呃啊！」

薇爾貝從旁打偏劈來的斧頭，迅速接上二連擊打飛多拉古。

「好痛啊！威力果然不是蓋的！」

「還撐得住啊！雛田的技能應該有效才對啊。」

「這次我們的耐力很不一樣喔。」

發光的地面顯著地恢復著多拉古的ＨＰ。薇爾貝從他所受的傷害，看出他的防禦力獲得高度提升。

「要多來一點嘍！【落雷原野】【閃電雨】！」

「多拉古，放牆壁。」

「來了！」

「【極速】！」

絕德的耐力不夠他像多拉古那樣強行突破雷雨，需要利用速度和造在上方的石牆遮蔽雷電，瞬間縮短距離。

「【重力牢】。」

「……嘖！」

但才剛起步，他就感到速度驟降，便趁殘破的石牆還有剩時返回來路。

雛田一直默默守在最後防線上，緊盯對手是否有機會擊敗薇爾貝，她的防禦可是十分棘手。

既然薇爾貝擁有破格破壞力，只要專心防守，就能補足她些許的破綻。

「謝啦！」

「要乖乖等蜜伊小姐喔……？」

「我、我沒忘記喔？」

這時，後方傳來高台崩塌的聲音。敵人的攻擊愈發激烈了。

「拜託啦，培因。在【黎明】來之前搞定喔……！」

面對這兩個強敵，絕德實在沒心力去幫助其他人。只能祈禱和梅普露一樣是作戰核心的培因能順利成功，握好手上匕首。

◆□◆□◆□◆□◆

克羅姆用【守護者】代扛結衣和麻衣以及伊茲從高台跌落的傷害，並迅速舉盾緊盯

前方。

「哈哈！真是的，乖乖待在後面也沒關係啦！」

克羅姆仰望之處，莉莉坐在懸浮於空中的板狀機械上，威爾巴特站在她前面，拉弓指著對方四人。

「這樣的話，不曉得會被那兩個砸成什麼樣呢。」

「不好意思，你的頭我要定了。」

「「克羅姆大哥……」」

「別擔心，我會想辦法！」

話雖如此，情況實在不妙。就移動速度和距離來看，現在也逃不進城堡。只有伊茲架設的路障和克羅姆的塔盾能抵擋他的箭。

「【箭雨】！」

「【多重掩護】！【精靈聖光】！」

克羅姆保護所有人不受傾注的箭雨傷害，再用技能取消傷害撐下去。

「麻衣，結衣妳們聽好。要打贏他們，只能靠妳們兩個。我和伊茲會盡可能製造機會，妳們要馬上出手。」

兩人對輕聲交代的克羅姆點點頭，舉起十六把巨鎚。

「涅庫羅！【死亡之重】！【幽火放射】！」

莉莉控制的飛行機械靈巧地以平移方式躲避克羅姆放射的火焰，威爾巴特也趁機放箭。克羅姆雖能藉涅庫羅的力量進行遠程攻擊，但這實在不是他擅長的領域。

「這邊……看我的！」

伊茲從道具欄取出鐵牆擺在面前，成功抵銷攻擊。

「伊茲，靠妳了！我擋不了太久！」

只要被流彈打中，結衣和麻衣就會當場陣亡。若不及早分出勝負，遲早會出事。

儘管伊茲的牆被對方一箭就打壞，但至少知道是擋得住。現在只能將防禦交給伊茲，克羅姆向前應戰。

「菲，【道具強化】！克羅姆！」

「好！」

知道伊茲能擋以後，克羅姆硬撐那精準無比的箭，對伊茲使個眼色。

伊茲見狀往地面用力一蹬，周圍突然出現大量的巨大水柱。

「早有準備了是吧……！」

「還有呢！」

伊茲再捏碎握在手裡的水晶，類似糖漿【大自然】的巨大藤蔓鑽過水柱伸長，限制他們的行動。

「拜託了！」

「幹掉他們！」

「「【擲出武器】！」」

兩顆鐵球閃得過，那十六把巨鎚怎麼樣？

破壞力比威爾巴特的箭更高的必殺鐵塊，朝兩人直線飛去。

「「【快速換裝】！」」

莉莉和威爾巴特迅速切換裝備，感受著確切往眼前逼來的死亡，用已經重複無數次的順序迅速發動技能。

「【空殼軍團】【重新生產】【傀儡城牆】！」

接連出現眼前的士兵交纏成巨大牆堵，卻被巨鎚全部砸碎。殘壁之後，莉莉和威爾巴特在空中調整好狀況並下降。

結衣和麻衣瞄得很準，但他們並沒有浪費巨鎚碰到牆而產生的瞬時延遲。

「呼……要是擦到一點點就完蛋了。她們連團征魔王都能秒殺的攻擊力，現在又練得厲害了呢。這裡就換我跟妳們打吧，就算是我的火力也能削完妳們的血。」

結衣和麻衣解除裝備，使巨鎚自動回到道具欄再重新裝上，準備下次攻擊，伊茲也設下更多路障。

「跟威爾巴特換手也沒關係喔？這樣比較好打。」

「我也是這麼想。來，開始吧。」

莉莉以數量取勝，這次恐怕真的撐不住了。見到眼前湧出大量持槍士兵，克羅姆不禁冒出冷汗。

【不屈衛士】還有剩。當他架定塔盾，要盡人事聽天命時，巨大白蛇從旁衝了過來。

「小白！」

「湊！」

「「【硬化】！」」

「趕上了嗎！」

兩條巨大白蛇衝進他們之間，要剜開地圖般扭身。

「好像是。」

援手是霞和奏。他們剛忙著擊殺想跟進莉莉和威爾巴特的【Rapid Fire】成員，同時還得抵擋敵方援軍，幸虧是趕上了。

「我們引了真多人過來。」

「就是啊，不過這樣反而方便吧。」

「我們處理得來的話。」

莉莉說完便坐上【廢鐵座椅】，軍騎一揮，在眼前造出大量士兵。單論人數，是足以瞬間逆轉的陣勢。

「我們繼續吧。拖住他們愈久，那邊愈輕鬆。」

不能讓結衣和麻衣重啟那毀滅性的攻擊。儘管這場戰鬥絕不輕鬆，莉莉和威爾巴特也不能就此撤退。

◆□◆□◆□◆□◆

各處戰況愈演愈烈，而中央同樣是主要戰場。

培因在梅普露先打亂對方陣腳時帶頭殺了過去。這裡無非是最危險的地方，但只要能殺敵推進，不僅能大幅削減對方戰力，還能提高士氣。

「【斷罪聖劍】！」

當然，前提是做得到。培因以高過米瑟莉補力的傷害不停擊殺玩家，往深處的【一夜城】邁進。

雖然造成了這麼多破壞，蜜伊依然沒有要開火的樣子。

也就是說，她正在準備曾在這場活動用過一次的大招【黎明】。按兵不動，她一樣會打出來，屆時犧牲者數量會非常可觀。

因此，他必須用更快的速度毀滅敵軍。

「培因～！吼～你太亂來了啦～！音符，【輪唱】嗯～【多重屏障】！」

芙蕾德麗卡施放強化法術，用護壁抵禦周遭攻擊，好讓部隊能夠跟上。由於他們和她特別注意的【thunder storm】正好錯開，且蜜伊仍無動靜，防禦還夠用。

「現在多拉古、絕德和【大楓樹】在拖住他們。要是不回來，我們就直接抄家。」

在共同前進的其他公會攻擊魔法支援下，培因的聖劍光輝將一團團玩家就地擊殺。

「哎呀，真是的。能拜託你們停一下嗎？」

「啊，辛恩耶～呀呵～你們也很辛苦吧～？」

「就是說啊。總之你們猜到了吧，蜜伊還在準備。這次也是我來對付你們。」

米瑟莉和馬克斯沒有足以站上前線的技能，就算混在怪物裡也一樣，所以這種時候只能派辛恩出馬。辛恩一面說，一面用【崩劍】和韋恩的【風神】準備大量飛劍。

「芙蕾德麗卡！」

「咦？認真？……好像是耶～等等要跟大家道歉喔！【多重全轉移】！」

這技能會將範圍內所有己方玩家的強化效果強制集中到培因身上。培因就這麼帶著一身不受團隊人數限制約束，超過原本極限的各種強化效果向前衝鋒。

辛恩立刻將所有飛劍射向培因，它們也刺進培因的身體——然後穿了過去。

「啊？」

培因根本不考慮防禦。現在他聚幾百名玩家的強化效果於一身，擁有極為異常的減傷和持續補血能力，瞬間就補滿了。

「雷依，【全魔力解放】【光之奔流】。」

沒有任何方式，能阻止如此怪物憑恃能力值與強化效果暴力直衝。

此刻遊戲中的最強個體，將所有試圖阻止他的玩家全部斬殺，並以快上許多的速度逼近試圖退離的辛恩。

「喂喂喂，這也太怪物了吧！」

「【聖龍光劍】！」

劈斬而下的劍光，在幾百名玩家的力量獲得延長射程與增加攻擊範圍等重重強化，一路吞噬到部隊的最尾端。

「媽、媽啊……真的跟平常的感覺完全不一樣耶～」

只限這次。活動特別版的【多重全轉移】所引起的異常破壞力，連元凶芙蕾德麗卡本人都目瞪口呆。

然而當光芒退去，卻還能見到許多玩家剩下些許ＨＰ倖存了下來。失去的ＨＰ，也隨著後方出現放射金光的巨大魔法陣迅速補回。

「……【復活術】嗎。」

「答對了！你也太亂來了吧！真的嚇死我了。」

為避免遭受追擊，辛恩用【崩劍】將劍置於腳下，高高飛上空中避難。

但培因破格的射程大於【復活術】的範圍，損害仍非常之大。

用尋常手段不僅逼不退他，就連停下他的腳步也做不到。

「想辦法爭取時間！不然不用打了！」

「打垮他們！」

玩家紛紛湧入【炎帝之國】人數驟減的據點，使得培因這邊儘管來一個殺一個，進攻的腳步卻沒有想像中的快。

能否存活並無所謂。重點不是贏得眼前的戰鬥，而是爭取時間，大放無敵技能或防禦技能，才能確實擋下對手。

想強行突破他們，需要培因那般壓倒性的力量。

如同這裡有培因，對方也有同樣突出的戰力。為了公會、陣營的勝利，懷抱必死決心，單為絆住對方腳步而用盡所有技能也有其意義。

「拜託了，蜜伊！轟掉他們！」

「喂，培因！要來了啦！真的沒問題嗎～？」

「全部聚在一起！怪物靠近就用道具馴服！」

「……嗯嗯，想幹什麼？」

時間有限是一開始就知道的事。顯現在【炎帝之國】堡壘上的太陽，正等待著墜落之時。

雖然他們路上都有用活動限定道具拉攏附近怪物當肉盾，但那恐怕止不住蜜伊的火

焰。

「真的沒問題吧?真的?」

「芙蕾德麗卡，勇敢一點！」

「吼～！」

對方看他們無法快速推進，認為是反攻的大好時機而襲來。芙蕾德麗卡和音符用魔法牽制他們之餘，等待著些什麼似的向後望。

只見雷鳴迸響，看似巨大白柱的雷電串連了天與地。

「蜜伊，我等好久啦！」

「他們已經沒有【避雷針】了吧。」

【過載蓄電】讓薇爾貝罩在光柱般的雷電之中，多拉古和絕德卻是滿目瘡痍，只避開了致命傷。厄斯已經倒下，疾影的迴避技能也用光了。

薇爾貝和雛田有太多非得處理不可的高威脅性技能。

「不要以為【過載蓄電】就只有這樣喔！」

薇爾貝手向天一舉，雷電從她身上逆流，照亮天空。

兩人瞬時理解接下來會發生什麼事。天空出現厚重雷雲，發出不祥的光芒。

視線遠端，蜜伊造出的太陽火焰更烈，金光四射。

「擋不下嗎……」

絕德莫可奈何地轉頭望向【炎帝之國】的堡壘。

接著雷與火算準了時機，向地面擴散。

「【雷神之鎚】！」

「【黎明】！」

天降雷光，地有滿場業火。兩種熾烈光輝淹沒整個視線，燒盡一切。

飛竄的雷與火雖只是瞬時掩覆了戰場，但要活過那一瞬間可是相當困難。

成功爭取了時間的莉莉和威爾巴特，也望著那將大片區域化為焦土的驚人攻擊。

「真厲害，她們的攻擊真的是另一種水準……威爾？」

「……莉莉，準備戰鬥。」

威爾巴特懷疑的表情，暗示著逐漸消退的雷與火底下，倖存玩家比預料中更多。

「是什麼讓他們活下來的呢……？」

當所有人屏氣凝神而帶來剎那的寂靜時，一道格外嘹亮的聲音響起。

「【重生之闇】！」

緊接著，某種泥濘般黏稠的黑色物體在地面擴散開來，其中不斷爬出異形生物。

感覺上——就只是感覺上。

和【暴虐】那種怪物有些類似。

◆□◆□◆□◆□◆

在接連湧現的異形生物中央，梅普露兀立在廣布的泥狀黑暗裡。莎莉抱起大呼小叫的芙蕾德麗卡逃離現場。

「莎莉！這真的對心臟很不好耶～！」

「抱歉抱歉，但好歹來得及救人嘛？」

能躲開那毀滅性的攻擊，是因為梅普露在蜜伊和薇爾貝攻擊的那一刻，用了【方舟】的轉移能力。

能將幻象化為現實的【虛實反轉】，說明文提到原本不會造成傷害的技能會變成有傷害。幸好，他們還測試了其他可能。

【方舟】的水有攻擊能力。複製【機械神】的力量時，不僅是光束，連槍都有了實體。看樣子，這個技能會忽視瑣碎的門檻條件，直接重現技能發動時的狀況。

「梅普露一過來就搞那個東西～！」

「我也嚇了一跳，不過那好像是培因的要求喔？之前也說過了，只要碰到太久，就算是自己人也一樣掛掉。」

梅普露散布的黑泥——【重生之闇】，是任務【禁忌之主】的獎勵，會將判定為己方的人物通通吞噬，重生為異形的技能。

別說以技能召喚的怪物，就連魔寵，甚至玩家都包含在內。

「一直有東西跑出來耶？是不是有人被拖進去了～？」

「不、不曉得。好像有人說要把一起避難的快死怪物拿去重生什麼的。」

「咦……是怎樣啊。」

這場會令人懷疑倫理道德出問題的作戰在觀感上確實糟到不行，但效果是強得十分可靠。於是她們留下根本無法接近的梅普露，帶著經過重塑而ＨＰ全滿的異形重新構築戰線。

◆□◆□◆□◆□◆

在梅普露散布的黑暗邊緣，有群為數不小的玩家反覆馴服受重傷的怪物，帶到黑暗上。

光是踩到一點點，牠們就一點一點地沉入地面，變成一大堆堪稱妖怪的生命體冒出來。

「好像做了很缺德的事耶……」

「這、這是最好的用法啦。」

為了獲勝，人們如此說服自己，反覆利用來路不名的黑暗重構出各種異形。

這個陣營有許多火或雷屬性的怪物，有一小部分勉強在蜜伊和薇爾貝的攻勢中存活下來。只要閉一隻眼，牠們就全都是梅普露的上好祭品。

「再帶新的來，快點！」

【方舟】迴避法執行得很順利，但怪物需要馴服才會納入技能對象，沒能完全保護，受傷的怪物多得是。

「唔喔！糟、糟糕……！」

「笨蛋，不要碰到！快跑！」

不時有玩家誤觸梅普露散布的泥狀黑暗，也被不由分說地拖下去。儘管只要動作夠快，就能甩開纏上身的黑暗，但對於知道後果的人來說對心臟還是很不好。

「我們只是拿這個來用而已喔！」

「沒看到一開始傻傻被拖下去那一個嗎！」

「抱、抱歉，得救了……」

剛散布的泥狀黑暗所吞噬的人們都已經遭到分解，重構為異形，正在攻擊敵方玩家。與有無減傷無關，梅普露的黑暗是類似針對己方的即死效果。除了逃離之外，無論任何手段都躲不過重構的命運，甚至比敵人的攻擊還要危險。

有了後方支援不斷提供怪物，梅普露得以不停向前吐出異形，並且前進。

【重生之闇】這稀有技能所製造的異形和敵方怪物不同，十分強悍。能像【暴虐】時的梅普露那樣吐火，不分玩家與怪物地撕碎啃咬。

「前進時請注意腳邊喔～！」

梅普露不忘提醒周圍。重構的異形雖強，但畢竟是未經馴服的召喚物，無法聽從太複雜的指令。然而比起會擅自行動的原生怪物，能操縱就是方便得多。

藉由異形獲得兵力後，前線玩家也開始有喘息的餘地，慢慢向前推進。

◆□◆□◆□◆□◆

敵陣後方也目擊了突然出現的異形大軍。

「好像有怪怪的東西跑出來了耶……？」

「哈哈，這玩笑開大了。那什麼東西？」

在【一夜城】上方觀察前線的馬克斯和辛恩，向蜜伊與米瑟莉報告現況。

馬克斯轉動自製的監視器，找個好角度觀察，讓蜜伊和米瑟莉能從堡壘裡的畫面查看戰況。使用像梅普露的【獻身慈愛】那樣，以自身為中心影響周遭的技能，就能讓她們從牆內安全地參與戰鬥了。

異形大軍即使踩中了馬克斯的陷阱，也仍以壓倒性數量一波波地推進。

這時有兩道影子先一步脫離化為混沌的戰場，從伸向空中的冰梯跳下來，並凌空反重力減速，在馬克斯身旁落地。

「哇！」

「打擾啦！」

「蜜伊小姐在嗎……？」

「……咦？呃，嗯，她在裡面。」

「喔，緊急作戰會議是吧。」

「對。」

「知道啦！」

跳進堡壘裡的薇爾貝和雛田就此往裡頭跑。

一進房就遇上了不停放治療魔法的米瑟莉，和正要出來的蜜伊。

「蜜伊！感覺不太妙耶！」

「是啊，我知道。好像是梅普露弄的。」

雖不知是究竟如何做到，她至少明白那是來自能大量召喚強力怪物的技能。

交談之中，莉莉和威爾巴特也搭飛機回來了。

「薇爾貝也在啊。看樣子，我們想的都是一樣的事。」

「有必要想想怎麼處理她召喚出來的怪物呢。」

威爾巴特藉由其搜敵能力，已得知蜜伊和薇爾貝的殲滅作戰成果不如預期。

「敵方也用很厲害的招式反攻了，不曉得冷卻時間多長。我有看到她突然消失，然後出現在那裡。」

「薇爾貝的電都放完了……暫時不能電擊。」

攻擊範圍比蜜伊還大的【雷神之鎚】，並不是沒有代價。薇爾貝失去電擊後，威脅性當然是一落千丈。

「爬出來的東西長的都很那個，我們的人都有點恐慌了。要是沒辦法穩住陣腳，情況會有點糟。」

即使米瑟莉再能補，用過即丟的異形和死了就沒了的玩家生命價值差別十分巨大。這樣下去會愈打愈不利。

「【黎明】不能連放。我是還有其他強招可以用，但對面也不會坐視不管吧。」

「是啊。要是力量不足以打倒她，狀況也不是強力補血救得回來的。」

以【聖劍集結】和【大楓樹】為首，仍有餘力的敵方玩家還有很多。

「我們要和其他公會步伐一致。要是撤退的聲音比較多，我們也得接受對方做好了抵擋我們攻勢的準備，適度後退。」

薇爾貝和蜜伊的攻擊一旦成功，甚至能決定這場活動的勝敗。但現在已被漂亮破解，可說是攻守交換的狀況。想戰勝沒完沒了的異形，最需要的就是人手。要是湊不到人手，就需要一面後退一面拖延。

「馬克斯，以米瑟莉和辛恩為中心準備後退。就算要打，也該邊退邊打。」

「知道了。」

不是所有己方戰力都在這片戰場上。若往王城邊退邊戰，使得敵方無法成功摧毀主力，援軍一來就對他們有利了。

「莉莉、雛田，請助我一臂之力。」

「好。」

「知道了。」

「雛田，拜託啦！」

「莉莉，看妳的了。」

蜜伊、莉莉和雛田離開【一夜城】，留下能力受限的薇爾貝和單挑特化的威爾巴特。

蜜伊不僅是和適合戰況的人員一起出擊，失敗時也能降低損害。要是在這不利狀況下帶所有人出擊，說不定會導致勝敗就此底定。這裡八個人都明白敵方有這樣的爆發力。

三人考量著最壞的狀況，在伊葛妮絲背上從空中俯瞰戰場。焦點放在不斷爬出黑色圓形區域的異形，以及後方不斷被送進黑暗裡的怪物。

他們不是傻子，見到這畫面就大致理解了召喚異形的方式。

「這樣弄的喔！哈哈哈，原來是這麼回事……」

「好、好誇張喔……」

「所以除非先打倒梅普露，不然很難阻止她繼續弄下去。」

部分是因為外觀太駭人，甚至有些玩家像是喪失戰意，陣形崩潰而被迫撤退。

於是三人做出結論──與其投入全力重整旗鼓，不如先讓他們撤退算了。

「雛田，可以嗎？」

「可以，沒問題。只要接近就好。」

「攻擊我們來擋，妳儘管放心。」

蜜伊對伊葛妮絲下指示，趕往異形肆虐的前線。

在蜜伊所趕赴的前線，異形與人類對撞的地點，異形大軍頗占優勢。

「可惡！沒完沒了！」

「就沒辦法處理掉嗎！」

「我們這邊也很忙耶！」

體型差距造成攻擊範圍的差距，以及能否自殺攻擊的差距，使玩家屈居劣勢，狀況愈發惡化。

「加油～！」

而元凶梅普露則是在後方聲援這些到處爬的異形。

這也是當然的。眼前有這麼多體型高大的異形爬來爬去，【機械神】和【古代兵器】都沒有彈道，【暴食】射程內也沒有需要打倒的對手。【獵食者】或糖漿一放出來就會重構，【毒龍】會把接下來的進軍路線變成毒沼，想都別想。

結果就是除了聲援或指揮這些堪稱血僕，由她所產生的異形外無事可做。

不管怎麼殺都一波波逼來的異形，將敵軍由前到後一一貪食。梅普露眼看作戰順利，想就此一口氣推到底時，她發現天上有隻不死鳥朝她飛來。

「蜜伊！……【全武裝啟動】！【開始攻擊】！」

天上的東西，異形打不到，不過梅普露的彈道就不受阻了。

隨梅普露開火，周圍也有魔法接連飛來。伊葛妮絲在蜜伊確實的操縱下穿過魔法之間，縮短與梅普露的距離。

力。

「【冰牆】！」

「【傀儡城牆】！」

「！還有兩個人喔！」

敏捷的伊葛妮絲也躲不過時，有牆在牠身邊張開。不會看錯，那是雛田和莉莉的能力。

蜜伊強行突破彈幕繼續接近，距離燒盡一切的火焰燒來已是倒數階段。

於是梅普露放棄打下她們，張開護壁防禦。

「【過度結凍】！」

「雛田！」

隨後降下的不是火焰，而是白煙般覆蓋周圍的寒氣。有許多玩家同樣張開護壁抵擋蜜伊，來不及阻止雛田的技能。

梅普露槍口對準她們的途中，強烈寒氣已從雛田身上擴散開來。

「【霜之國】……！」

「哇！怎、怎麼了！」

一聲尖銳的「鏗！」之後，梅普露發現自己全身動彈不得。仔細一看，高透明度的冰包住了附近一切事物，所有玩家和召喚的異形都停止了動作。

那是不輸薇爾貝雷擊的超大範圍凍結。儘管沒有傷害，卻有凶狠的行為妨礙力，真的凍結了對方的進軍。

從伊葛妮絲上傳來雛田的聲音，對變得完全不能動的梅普露說道：

「妳應該是不能動了。不好意思，那個……讓妳太亂來會很傷腦筋。」

「唔唔……妳竟然還能這樣。唔～雛田很厲害嘛！」

「妳也滿厲害的……」

雛田看著變成冰雕乖乖不動的異形，鞠個躬告別，隨伊葛妮絲拉高距離退去。

許多玩家也隨著伊葛妮絲離去開始正式撤退，不曉得異形什麼時候會從冰裡跑出來。

「蜜伊小姐，請快點回去。雖然我們表現得像是仍有餘力……可是我這招跟薇爾貝的【過載蓄電】一樣……而且只能拖住他們，傷害打不進冰裡面。」

「好，其他人也都在撤退了，就配合大家的速度吧。」

「不能造成傷害滿可惜的，不過那的確是最能有效拖延敵人沒錯。」

這麼強的大招當然無法連續使用，而且和薇爾貝一樣，具有暫時無法使用寒氣技能的強烈負面效果。【thunder storm】的兩人都需要休息一段時間，才能再度發揮本事。

「也謝謝莉莉小姐。如果飛得不夠遠，連自己人都會結冰。」

「是蜜伊很會騎。我只是放幾面牆壁而已。」

「要加速嘍。冰遲早會溶化，可是怪物不會死，沒多久就又會打過來。」

蜜伊表示有需要盡早做好迎擊準備，兩人也點頭同意，一同返回【一夜城】。

一段時間後，雛田製造的冰高聲碎裂，所有人掙脫了寒冰牢籠的束縛。

「哎喲喲！現在，先把怪物打一打！」

冰牆消失後，遭隔絕的敵方怪物便得以接近，梅普露先命令大家處理牠們。這個大家指的當然是腳下爬出的異形怪物。

以怪攻怪。這邊還有其他會自動戰鬥的野生怪物，有異形的一方當然是一路推進。

為避免害己方玩家沉入腳下黑暗，梅普露不能亂動。於是乾脆停在原地，看著自己人在邊緣帶虛弱怪物過來重構。

不久，頭頂【大楓樹】一行的白蛇小白謹慎避開黑暗，從另一邊扭啊扭地接近。

「各位～！都沒事吧～？」

「沒事！還滿驚險的就是了。」

「多虧妳那個技能，把敵軍逼退了。」

莉莉等人見到來路不明且規模巨大的【重生之闇】便迅速選擇停止戰鬥撤退，可說是相當正確。

「所以莎莉那邊也很成功嘍！」

「嗯，謝謝妳的【方舟】，幫我們安全躲開了。」

莎莉用【虛實反轉】複製方舟，和梅普露一樣帶友軍轉移至他處，減輕了前線的損害。

作戰能夠成功，主要是在於莎莉【ＡＧＩ】高，又有能在空中行走的能力。

「我們也去幫後面的人喔。雖然沒救到【方舟】範圍外的人，不過【聖劍集結】的主力都還在，而且他們想冒險多追擊一下。」

「知道了！那我就在這裡多等一等！」

敵人撤退了，自然該趁現在擴大戰線。

眾人以莎莉為主招攬倖存的玩家，將視線所及的所有遊蕩怪都馴服起來，送進梅普露散布的黑暗。

隨著強大的異形大軍，梅普露將破滅的腳步聲踏向了敵陣。

◆□◆□◆□◆□◆

由於這次活動經過時間加速，淘汰的玩家能留在特設的淘汰者專用區觀戰。

膩了或看夠了也隨時可以退出，回到沒有加速的正常區域。大型螢幕映出戰場上各個角落，不會錯過任何一場戰鬥。

這是寶貴的情蒐機會。只要能看清打倒自己的技能究竟是怎麼回事，下次ＰＶＰ就

多點保障。

除此之外，還有很多玩家想趕快找人分享心得，整個觀戰區鬧哄哄的。

忽然間，一次有一大批玩家傳送過來，表示各地戰況就是如此激烈。

「喔喔～！兩邊都死好多人喔。」

「敵軍跟怪物一起進攻會很危險，去擋的話自然就變成大戰了。」

「我有看到。主戰場打得好誇張喔！呃……說到誇張，現在也一樣就是了。」

活動區域中央，這名男子所說的主戰場正映在大螢幕上。黑色怪物不停從地面湧現，填滿整個畫面。

代價是將生物獻為祭品。

「哇……祭壇？」

「那是人幹的事嗎？」

「應該不是吧？」

「我就是被那個吃掉的。」

「是啊，怪物很強的樣子。」

「不是，我是被獻祭的……」

「咦咦……？」

犧牲友軍。

眾人雖對這種技能還能用在哪裡抱持著疑問，但看著眼前肆虐的怪物，最後還是覺得那真的是很強的技能。

「梅普露的召喚技能還滿多的，至少還能叫出來給那個吃，隨時都能用吧。」

「第九階地區好像有很多技能適合這次活動，或許那就是會在活動裡特別亮眼的技能之一。」

「在這裡看過以後才發現，莎莉怎麼有跟梅普露一樣的技能啊？噴一堆水轉移的那個。」

「那個啊……當時蜜伊的火從背後射過來，想說搞定了結果太大意，馬上就被對面的反攻幹掉了。唉～悶死我了……」

「梅普露的翅膀好像又變多了耶。培因還像魔法師一樣轟出一大條光。」

「大範圍攻擊真的好好用喔，活動結束以後我也來找找看好了。」

即使手上是近戰武器，若有遠程攻擊手段就能在這種場合打出好表現。不僅是培因，【大楓樹】的結衣和麻衣也在活動中證明了這點。

「弟兄們，一定要贏啊！拜託，我要技能幣！」

儘管戰敗方也有技能幣能拿，贏家畢竟拿得更多。雙方陣營都祈禱自軍能奪得最後的勝利，注視征戰不休的活動區域。

第六章　防禦特化與淘汰者

怪物的總攻擊隨時間經過而結束，狂暴化的怪物全部消失，重生在原來地點，野外恢復原來的安穩。

喔不，這有些語病。

還有許多在消失前盡可能送進黑暗裡的怪物變異而成的異形，在梅普露周圍到處遊蕩，等待主人的指令。

「好！這樣就沒問題了！」

梅普露收起散布於腳下的【重生之闇】。既然沒東西能送進來，開著也只會妨礙友軍而已。

隨著【重生之闇】解除，所有人立刻向敵軍王城前進。

打頭陣的即是所有人反覆作業製造出的異形大軍。不怕死又強橫的兵力，用得稍微浪費點也不成問題。還能把那高大身軀當作牆壁，抵擋對方射來的魔法。

「梅普露！上來！」

「嗯！」

莎莉從小白頭上喊。梅普露想跟上部隊，需要有人載她一程。

「要用一次定勝負的心態來打喔。」

「嗯！大家已經準備好久了嘛！」

梅普露期待著下方跑來跑去的怪物拿出好表現，隨眾人前往敵陣。

「會不會又被冰起來啊？」

「範圍那麼大的技能，冷卻時間應該很長才對。不過我們準備也花了很多時間，不敢說一定不能用就是了。」

那種破格大範圍的定身能力，就算是一天只能用一次的大招也不足為奇。

「對方的策略贏過我們還能讓他們撤退，主要是因為梅普露那個神祕怪招吧。」

「對方也不是資源用到沒辦法繼續打，還是要小心一點。」

到了王城前，敵人就沒有撤退的選項，無論如何都要阻止敵人進攻。

且如同對方指揮系統發生混亂，這邊也可能遭遇同樣的事。當意外發生，戰況突然惡化時，想確切帶領戰友前進後退是很困難的事。

「如果可以什麼都沒發生，讓我們一路打進去就再好不過了。」

「但不會有這種事吧。」

「如果我們也能……」

「我會努力支援【聖劍集結】的！」

為了使這場進攻導向勝利，梅普露等人啃食、撕裂、踏碎接近的一切，如魔王軍一般要去攻陷對方的國家了。

另一方面，蜜伊這邊也為了抵抗必然會攻來的梅普露等人，在有限的時間裡忙著做各種準備。

「薇爾貝、雛田，還要很久嗎？」

「我在趕了！」

「我會盡力趕上的……」

薇爾貝的雷和雛田的冰是取勝的兩大要素。先前的戰鬥讓她們這類技能都暫時無法使用，必須盡快擊殺一定數量的怪物。

「再來。妳看，都叫來了。」

莉莉召喚的機械兵對周圍怪物使用【挑釁】，怪物接連靠近。

「要加油喔。我有計畫了，需要妳們回到萬全狀態才行。」

【thunder storm】的這兩人在集團戰中扮演的角色就是這麼重要，無可取代。

薇爾貝和雛田也明白這點，所以才會在這趕擊殺數。

然而再怎麼趕，也有可能來不及抵擋乘勝追擊的敵軍。於是【炎帝之國】的人們做好了必死的準備，以設置於王城前方的【一夜城】為中心布陣迎敵。

「哈哈，真是的……只能防守的情況太多，累死人了！」

「沒辦法，我們的打法本來就不擅長進攻……就蜜伊比較不一樣而已。」

「我們就盡全力擋下來吧。可以的話，希望全都能活下來。」

「總之，想辦法讓他們趕得上就對了吧。不好意思啊，威爾巴特！我說不定會死在這裡！」

「大家都在這，我相信不至於。雖然我的傷害因為莉莉不在降低很多，但就算只有我一個，也能提供不錯的牽制效果。」

眾人已經在這次活動中重新認識威爾巴特的搜敵與狙擊能力威脅性有多高。即使對方有梅普露在，知道威爾巴特在這裡，也必須格外謹慎。

「好。馬克斯，開始最後檢查了。陷阱沒問題吧？」

「嗯，該留的都留了。隨時可以啟動。」

「米瑟莉，技能的冷卻時間呢？」

「都沒問題。」

「ＯＫ！要是情況緊急，我會用生命保護你們！你們兩個的能力很寶貴，很容易被集火。」

他們的技能和單純只能製造傷害的辛恩不同，米瑟莉有大範圍補血，馬克斯有各種陷阱，很難取代。這表示他們將會是戰略核心，不能輕易失去。

「……看來敵軍已經到了，打起精神應戰。」

威爾巴特先一步發覺敵軍逼近，隨後馬克斯也從自己安裝的監視器把握了狀況。

畫面上是一整排的黑，前仆後繼大舉壓境的異形。

「哇……」

「喔喔……咦咦？也多太多了吧。」

實在超乎想像的倍增讓馬克斯都傻住了。但逃也只逃得了一時，只好硬著頭皮向前。

「我已經聯絡蜜伊，請她盡量加快了。先靠我補血吧。」

「好，拜託了。那麼威爾巴特，我們走吧！」

「好，我們走。」

辛恩發動【崩劍】踏上飛劍，也派了幾把在威爾巴特身邊保護他。

「有東西飛過來的話，我盡量幫你擋。怪物的血我能削多少就削多少，刀給你補。」

「好，能多殺一隻是一隻。」

威爾巴特就此在【一夜城】上拉弓，辛恩馭劍向前飛去，把怪物引到其射程內。

辛恩幾個位在能夠直接看見梅普露幾個的距離內，換言之，梅普露幾個同樣也能看見辛恩他們。

「梅普露，辛恩來嘍！」

「小白按照計畫維持現狀！梅普露，不用管牠！」

「麻衣、結衣！我會保護妳們，儘管打！」

「【天王寶座】！【救濟的殘光】！【全武裝啟動】！」

霞和莎莉出聲後，梅普露發動技能，像騎糖漿時那樣將寶座設置於小白頭上，坐下去張開減傷領域，並啟動大量武器。

舉高了頭的小白頭上彈道暢通，沒什麼能遮擋梅普露的射擊。

「【操絲手】！」

莎莉用絲線固定住所有人的腳。這雖會使得閃躲變難，在這次作戰中卻有其價值。

「【崩劍】！韋恩，【風神】！」

「【開始攻擊】！」

「小白，我們上！」

飛劍和風刃不僅射向異形，也射向了位置明顯的【大楓樹】。霞一看他出手就對小白下令。

經過莎莉絲線的穩穩固定，小白就能藉快速爬行和移動頭部位置閃躲攻擊了。

「「【投擲】！」」

「原來是這樣……！好可怕的移動砲台！」

辛恩也對這合理的打法相當佩服。

有鐵球大砲和瘋狂掃射，又能利用小白的巨大身軀的靈活度，到哪都能維持彈道暢通。遇上攻擊，也能憑藉小白遠高過糖漿的機動力閃避，而且一般近戰攻擊很難打到這樣的高度。

想癱瘓這座移動砲台，最好的方式便是打倒當底座的小白。但巨大的小白ＨＰ多，又有【硬化】增強防禦，想打倒牠也不是那麼容易。

「唔唔，只能放棄了嗎！威爾巴特！看你的了！」

狀況一如原先預料，需要處理異形。於是辛恩決定從容易排除的威脅開始著手，注意閃躲之餘離開異形與法師的攻擊範圍，駕馭【崩劍】從空中到處斬殺異形。

「【拉滿弓】【長程射擊】【擴大範圍】……有那麼多牆壁，你們也不容易看見吧！【滅殺之箭】！」

威爾巴特的箭發出暗紅光芒，帶著同色曳光高速射出。

超高威力的箭矢射穿了直線上的一切，不僅一擊消滅怪物，還將其後方的玩家一一放倒。

這一擊對有數量優勢的梅普露他們造成不小損害，但不足以阻止他們進攻。梅普露這邊也知道敵人的強大，抱著會有犧牲的覺悟，在培因的指揮下前來取勝。

「馬克斯！啟動陷阱！兩軍就快交鋒了！」

「【啟動陷阱】！」

陷阱不只是敵人踩到才會啟動。效果範圍內的部分陷阱隨技能啟動，地面升高，還有逼近小白高度的岩柱木柱拔地而起，阻礙異形的行動。

「【彈跳箭】【箭雨】！」

「【崩劍】！」

命中也不會減速，還會在敵人之間跳動的箭，以及來自上空的箭與劍之雨，逐漸削減受阻異形的數量。然而異形仍破壞了那些柱子，穿過它們之間，將來不及退開的玩家一個又一個拖進煙塵彼端。

「【治癒之光】！【療傷之泉】！」

米瑟莉也展開只要待在前線就能保持補血的領域，依序使用補血技能，盡可能將玩家ＨＰ保持在高存量。雖然她不擅於攻擊，防守卻十分有力。

在如此互不相讓的戰局中，一道強烈的光之奔流掃過大地。

「【斷罪聖劍】！」

「【旋風連斬】！」

「【多重炎彈】！」

「【土石浪】！」

在異形的掩護攻擊下，培因幾個也奮力擊殺敵方玩家。

米瑟莉補血能力雖強，但【聖劍集結】沉重的爆發性傷害讓她補不勝補，不讓他們打持久戰。

「梅普露，這邊交給妳了！」

「莎莉！妳要去培因那邊？」

「不，現在是好機會……我要去辛恩那裡！妳跟伊茲姊和奏繼續攻擊地面就行了！」

「ＯＫ。我會按照計畫，盡可能保留魔導書的。」

「小心點喔。」

不分敵我的炸彈恐怕會波及莎莉。莎莉是這裡最可能一擊陣亡的人，只要她離開就能繼續攻擊。

莎莉射出絲線，利用馬克斯造出的柱子往辛恩方向移動。

「喔喔！要跟我打嗎？我覺得我很適合打妳喔！」

「是沒錯，可是我也不能放你在旁邊亂！」

莎莉發現，辛恩和威爾巴特的組合所打倒的異形數量高出預估不少。

只要阻止他們，加上梅普露以及結衣和麻衣來自上方的火力支援，【聖劍集結】想一鼓作氣大幅推進就容易得多了。

因此，莎莉有必要摘下辛恩的腦袋。

「妳這一步實在滿討厭的耶！不過呢，這對我來說也是機會喔？」

辛恩將大部分指向地面的劍召回自己身邊，以對付莎莉。他自己也想在這裡打倒莎莉，這樣勢必能大幅削減對方的戰力。

「【水道】【水纏】！」

「厲害喔！」

莎莉在自己所造的水流中游動，穿梭於柱子之間。

辛恩見狀也操縱腳下飛劍，盡可能保持距離並配合韋恩的風刃攻擊。

莎莉的武器是兩把匕首。雖能用魔法，但不是特別擅長。只要保持好距離，相信沒那麼容易敗給她。

「話說妳也太難射了吧！」

「光是拖住你的劍就很夠本了！」

只要使【崩劍】攻勢緩和，製造一點機會就夠了。辛恩想保持安全距離，身旁韋恩的風刃就得花更多時間飛向目標。

不過【崩劍】的全方位攻擊依然不是普通人閃得掉的東西，得有莎莉的異常迴避力，才能精確鑽過比剛過來時薄了一些的彈幕縫隙。

「老實說……下面的怪物還真是糟糕。我要快點幹掉妳了！韋恩，【遠遊之風】

【旋風】！」

因韋恩的技能而擴大範圍，變得巨大的風之漩渦連續襲向莎莉。

並以風刃和【崩劍】阻擋她的退路。

「【超加速】【跳躍】！」

莎莉在完全包圍之前，用技能高高躍起。

「朧，【火童子】！」

迅速迴避掉進逼的旋風後，她直接在空中製造踏點逼近辛恩。

「想得美！」

「朧，【神隱】！」

辛恩以霰彈槍方式往前射出留在身邊的劍拒絕莎莉接近，而莎莉以朧的技能穿過攻擊，使其失去意義。

再一步，就能得到寶貴的攻擊機會了。

可是在這種情況下，莎莉仍冷靜地發覺視線邊緣的紅色特效。

「！【冰柱】！」

「厲害……！反應真快！」

當辛恩退開，讓出彈道的瞬間，威爾巴特從底下射出必殺之箭，莎莉被迫以冰柱抵擋。

辛恩為她滴水不漏的動作大聲讚嘆，同時舉起盾牌召回飛劍。

只要撐過這波攻勢，就能用召回的劍反擊了。就在他做好一切準備，緊盯眼前莎莉的那一刻——

莎莉接下來的技能宣告使他睜大了眼。

「【最初式．虛】。」

莎莉頭髮變白，眼睛也染成緋紅。

沒看錯也沒聽錯，霞曾用這個招式擊敗他。是陷阱嗎，還是真的呢？還來不及得出結論，莎莉的身影消失了。

「韋恩，背後！」

辛恩以莎莉經過一連串肉體變化後消失不見為根據，認為她用了某種方法使出【最初式．虛】，往背後猛掃旋風。莎莉的ＨＰ比霞低很多，風刃能擦過就夠了。

「我就知道你反應得過來。你不敢不防吧？」

「什麼……！」

聲音來自正面。

空間搖然一晃，舉高匕首的莎莉就出現在一步之前。

這刀避無可避。直覺告訴辛恩，莎莉在一對一之中逼到了這麼近，肯定會打出能削光他ＨＰ的火力。不過【炎帝之國】的人還有米瑟莉的【復活術】。

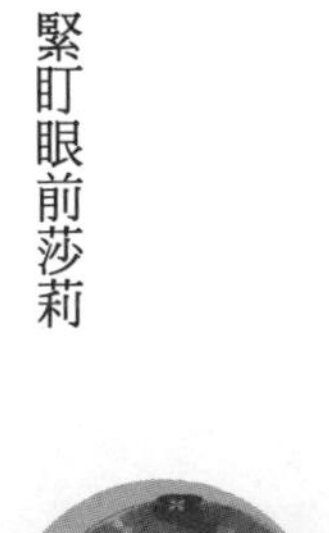

可以即刻復活予以反擊。距離這麼近，莎莉要躲過下次攻擊想必很不容易。

辛恩瞬時這麼想，並準備好揮刀時，以驚人速度從地面射向天空的強烈光芒衝進辛恩的視野。

「……！」

辛恩與莎莉四目相對，然後立刻了解了她的意圖。

莎莉用眼神告訴他，假如米瑟莉現在對辛恩用【復活術】，那個接下來培因的超大範圍攻擊就會掃過其他部隊。在這樣的時差下，只能選一邊救。

發現自己掉進超乎他想像的細密陷阱後，辛恩大聲呼喊：

「米瑟莉！放生我沒關係！」

「……那麼！」

莎莉毫不猶豫地猛踏一步，以盾牌擋不了的角度迅速揮斬要害。

傷處爆出水與火焰，【劍舞】增加的傷害轟乾他的ＨＰ。

「啊～被幹掉了……！」

變強的當然不只是梅普露。辛恩帶著無法看穿莎莉攻擊機制的懊悔，逐漸消滅。

「唉～再來拜託你們啦！」

辛恩化為光點消失的最後一刻，見到強烈的光之奔流竄過地面，以及熟悉的復活特效。

培因橫掃千軍的熾光遠去後，柔和的光輝包覆那一帶，即將消失的玩家總算是留在了原處。

「馬克斯，陷阱怎麼樣了！」

「唔唔，啟動中的幾乎都被培因轟掉了……」

在辛恩判斷正確的幫助下，他們的損害不至於使戰線崩潰。但培因的攻擊打碎了阻擋異形的柱子，使他們大批湧來。威爾巴特是削減了不少數量，可是少了辛恩以後效率自然下降。當前鋒玩家再也擋不住異形時，後方玩家就要成為它們的晚餐了。

也就是說，情勢會愈磨愈糟。

「威爾巴特，你有沒有想法……？我只能拖延時間而已。」

馬克斯用剩下的陷阱製造水流和強風，絆住敵人的腳步。

「不好意思……！一對多是莉莉的領域。」

威爾巴特不停放箭，做自己所能做的事。消滅異形之餘，發現位置稍有不慎的玩家就射穿他的心臟，拖慢梅普露等敵軍的速度。

但也只是拖慢，無法完全擋住。異形的浪潮一點一點地，從ＨＰ補不回來的玩家開始無情地吞噬。

它們是一群對敵人而言可怕，在己方眼裡可靠的夥伴。

現在少了辛恩，靠著異形以及發自制高點的結衣和麻衣跟梅普露強力砲擊支援，使得戰況對【聖劍集結】等地面部隊一面倒地有利。

「培因！」

「下來啦？」

「啊～莎莉～！計畫成功了呢～果然厲害～」

「有足夠勝算嘛。這招不可能每次都騙到他，但只要在這次活動裡騙到一次就夠了吧？」

「就～是啊～」

「是啊，幹掉辛恩以後好打太多了！不過威爾巴特還是一樣難搞！」

眾人以異形為肉盾抵擋威爾巴特的箭，確實打倒敵方玩家。

在藤蔓、火焰、水流、強風等阻礙性陷阱的另一邊，終於能看見敵陣本營【一夜城】。

再加把勁就行。當他們又往勝利前進一步時——

以疾影為中心攻擊的絕德和莎莉，注意到特效縫隙間的閃光而赫然仰望天空。可說是不好的預感，一種沒根據的警訊。

但是，他們十分信賴自己的這種感覺。

緊接著天空大放光明，大量落雷傾注在他們附近。

「薇爾貝……！」

「疾影，【影世界】！」

能在第一時間察覺，讓絕德得以使範圍內的玩家潛入暗影之中躲避落雷，藏進異形群中。梅普露也發現薇爾貝加入戰局，聚集怪物堆起來，抵擋來自上方的攻擊。

「音符，【聲納】！……啊，跳下來了？」

芙蕾德麗卡發現敵人反應急速接近，急忙舉起法杖。

「雛田應該也在，她會減速！」

「沒錯的啦！」

雛田在空中移動起來，比莎莉更自由。帶著她的薇爾貝在撞擊地面之前突然改變方向，朝五人衝去。

「雛田！拜託啦！」

「【隔絕領域】！」

雛田周圍湧現紫色氣場，並猛然向周圍擴散。

「……！」

「被、被推出去了～！」

雛田操縱重力製造穹頂狀的紫色光芒，不斷推出周圍人物，只留下絕德和多拉古。

【隔絕領域】如其名所示，這個扭曲重力而成的圓罩會彈開外來干涉，內部也無法干涉外側。

絕德往紫牆放個魔法，確定會往內彈之後轉向薇爾貝。

「原來如此，二對二的死亡對決嗎……」

「沒錯！很聰明喔！」

「多拉古，只能硬幹了吧。」

「那有什麼問題！不用怕，這空間也會把天上的雷擋住！不是打不起！」

「是啊。」

這次是第三次對戰了。將芙蕾德麗卡、培因和莎莉都推出去，只留這兩人在無法逃脫的領域裡，表示薇爾貝和雛田在有了兩次對戰的經驗以後，刻意挑選絕德和多拉古為對手。

也就是說，她們有戰勝的自信。

「別以為這麼簡單就能打贏喔。」

「那當然！我會全力以赴的啦！」

雖然閃電雨被重力壁隔絕，本身的電擊並不在此限。薇爾貝握緊雙拳，迸發激烈雷電猛然向前。

「【大地裝甲】【石膚】！」

隨薇爾貝出擊，多拉古也穿上岩甲提高防禦力衝鋒。

在她壓低姿勢閃躲橫掃而來的巨斧時，絕德也逼上前來。

「……！」

「【紫電】！」

面對絕德的匕首，薇爾貝完全煞住起跑時的衝力往右橫移，放電遠離絕德。

「【重力操控】啊……很自由嘛。」

薇爾貝將踏回略為飄離地面的腳重擺架勢。看來能操縱重力，就能做到原本不可能的動作。

見狀，多拉古對絕德小聲說：

「機動力差別太大了，我很難打中，不過我可以騙她躲開。」

「好，最後我來補刀。疾影，【影群】！」

絕德呼叫影狼，襲擊薇爾貝。

「【轟雷】！」

沒了閃電雨，薇爾貝就發出柱狀電擊燒光狼群。

「【猛力衝鋒】！【土石浪】！」

多拉古一口氣衝破電擊縮短距離，將地面炸出波浪。

「【冰牆】！【凍結大地】！」

「對我沒用！」

冰霜竄過地面，但他們都知道發動時不接觸地面就沒事了。

多拉古迅速躍起，漂亮跳出效果範圍外，並順勢劈碎冰牆。

「【電光飛馳】！【重雙擊】！」

多拉古以身體承受薇爾貝加速打來的拳頭，硬扛傷害抓住她的手。攻擊範圍短，這就是拳腳型玩家的最大弱點。

「逮到妳了！【大地之槍】！」

「【極光】！」

多拉古和薇爾貝各以岩槍和特大雷光互相傷害。

當雷光退去，絕德瞬時縮短距離。

「【悲嘆之河】！」

「疾影，【影遁】！」

用潛地迴避行動阻礙。雛田的寒氣進不了地底。

「薇爾貝！」

「【放電】！」

「唔，真的很痛耶……！」

多拉古不會因為受到大傷害就放手。即使眩目雷光持續造成傷害，多拉古這貨真價實的前鋒不會那麼快倒下。

因強光瞇起眼的多拉古，注意到薇爾貝手上發出並非電擊的藍光，像是一種氣場。

隨後，積蓄了力量的薇爾貝瞬時甩開他的手，同時搗出重拳。

「唔！喂，絕德！不好了！」

「……！」

薇爾貝穿過仍留在空中的電光，以倍增的速度拖曳藍色氣場突襲，反過來逼向絕德。

「妳做了什麼……！」

「我的祕密武器不止一個的啦！」

「【極速】【超加速】！」

絕德勉強以匕首抵擋她的高速揮拳，但每一擊更快更重，連雙重加速的絕德也開始落後。

「【思考凍結】！」

「嘖！封鎖技能嗎……！」

效用雖短，雛田的封鎖技能仍阻止了絕德用【神速】再加速。這瞬間已足夠致命，薇爾貝的拳終於命中，轟掉絕德的ＨＰ。

「【衝鋒】！」

「薇爾貝，後面！」

多拉古也從她背後瞬時接近。這一斧也有一擊必殺的威力，薇爾貝要在躲開的同時，在這裡給予多拉古最後一擊。

「真的是追不上啊。」

現在的薇爾貝比速度特化的玩家更快，轉眼就躲過多拉古的斧頭大力反擊。

但是在消滅之際，多拉古對絕德使了個眼色。

絕德也在薇爾貝躲避斧頭反擊的動作中貼上她的背，刺出匕首。

「……？」

那是異常的迴避。薇爾貝以跳高般的動作越過匕首，在空中呈倒立姿。那是完全無視重力，可以粗略想像但難以完全預料的行為。她就此扭身，往絕德肩上掃下了腿。

「好吧，信至少寄出去了……」

「……？這場很好玩喔！」

掃下藍色軌跡的右腿命中絕德肩膀，扣光他因技能保留的些許ＨＰ。

「唔咦！輸掉了嗎～！」

隨著薇爾貝身上的氣場消退，包圍四人的紫色圓罩也消失了。

「莎莉。」

「好。」

莎莉答覆培因的低呼，兩人蹬地加速衝向薇爾貝。

「【重力牢】【冰柱】！」

增強的重力削減了他們的速度，再趁這空隙往他們眼前造出粗大冰柱，阻擋他們的去路。

當兩人繞過去，地面忽然一震。冰柱另一邊，遠處的多個位置出現了巨大光柱，而且並不是薇爾貝的雷柱。

第七章　防禦特化與豪賭

「這是……」

兩人繞過【冰柱】後，見到的是在地面發光的巨大魔法陣，以及不斷湧現的空殼士兵。

「要比大量召喚，我也不會輸。」

「太慢了啦，莉莉……還在想要光靠陷阱撐到什麼時候。」

「不好意思。」

伊葛妮絲降落於【一夜城】上，蜜伊放出火焰。

「【全軍出擊】！」

「【全陷阱啟動】！」

事先放置陷阱的位置爆出光柱與巨大魔法陣，召喚大量士兵。

配合莉莉技能放置的陷阱無視距離全部啟動，要扭轉情勢。

戰場不是只有這裡。馬克斯和莉莉花上大把時間的準備，破壞了其他戰場的戰力平衡。

「薇爾貝好像也很順利，我們就此反擊！」

蜜伊噴起烈焰，提振全軍士氣。眾玩家思緒紛飛，狀況目不暇給地變化。這次輪到梅普露這邊站在如何抑止損害的重大岔路上。

「培因！剛才的光……！」

「對，我們只能分散戰力了。【thunder storm】的人已經不在這裡，其他戰場會有危險。」

「我們過去就好，梅普露你們留下來。」

梅普露是異形的指揮官，離開了計畫就毀了。

「不曉得那些士兵有多強～」

芙蕾德麗卡評估士兵時，莎莉迅速對【大楓樹】下作戰指示。後方的支援砲擊隨之停下，背上長出四枚白翼的梅普露降落在她身旁。

「很快嘛，梅普露。」

「嗯！絕德他們……」

「他們都被逮到了～很可惜，只能幫到這了～」

「沒什麼大失誤，就只是敵人很強而已。」

梅普露幾個望著前方【炎帝之國】的三人和【Rapid Fire】的兩人，各自握緊武器。

各方玩家已齊聚於此。在梅普露的異形與士兵到處戰成一團的戰場上，四人仍往【一夜城】正面前進。

其他玩家，無論敵我都避開中央反覆戰鬥。原因很簡單。

「【光輝聖劍】！」

「【殺戮豪炎】！」

待在這裡，再怎麼樣都會遭到波及，有幾條命都不夠。

為避免穿透攻擊，梅普露不使用【獻身慈愛】，純以武器攻擊，將注意力放在指揮怪物上。

「莎莉！不要被打中喔～？【多重炎彈】！音符，【輪唱】！」

「放心，我狀況很好。」

莎莉話一說完就靈活利用馬克斯的石柱和水柱，穿梭於來來往往的魔法間並予以反擊。

芙蕾德麗卡和梅普露的攻擊轟炸召喚士兵，莉莉和蜜伊也不停了結異形的性命。

「芙蕾德麗卡，可以提高火力清場嗎？」

「這個嘛，暫時可以啦。可是……」

士兵很快就會湧出來，這樣也要嗎？芙蕾德麗卡用眼神問培因。

對方有馬克斯和米瑟莉的強力後援，就算集火其中一個，是否打得倒也很難說。

「這場戰鬥，要是那些士兵真的能無限生成，對我們會很不利。」

梅普露的怪物是經過一番準備才有那麼多，死了就不容易再弄出來。雖然它們蹂躪、屠殺了很多玩家，達到預期中的表現，可數量正著實地減少。

「我不是不相信【大楓樹】，只是擔心其他戰場。」

「這次換我們需要找時間後退了吧。」

「沒錯。」

「那麼，我和莎莉一起！有那個嘛！」

射擊當中，梅普露對莎莉這麼說。莎莉很快就明白「那個」指的是什麼。

「知道了，梅普露。那麼，有需要的話，我會製造機會。」

「果然可靠，謝謝。」

「所以妳們要做什麼～？」

「想安全撤退，就必須給還在想要不要追擊的對手一點苦頭吃。他們能製造據點鞏固陣形，所以我們要去打倒那兩個。」

「嗯，準備好就說一聲喔～」

目標是馬克斯和米瑟莉。為打到支撐敵方戰線的兩名大將，四人開始窺探時機。

接到莎莉的作戰指示後，【大楓樹】兵分三路趕往光柱。分別是克羅姆和霞、伊茲

和奏、結衣和麻衣。雖然各有風險，但這是討論過的結果。
「分散讓人很不放心……但現在也不能要求太多了！」
「對啊。相信他們，我們快走吧。」
能全體一起行動當然是最好，可是莉莉等人的策略讓他們不能這麼做。狀況不會都順心如意。要盡可能繞遍戰場，支援劣勢的戰線。
「小白，直接衝進去！」
巨蛇從旁衝撞戰場，以其質量輾壓襲來的士兵和敵方玩家。
「唔喔！怎、怎麼了！」
「是霞的蛇！小心！」
霞就此乘著小白橫越戰場，讓牠以隨時能突襲的狀態待命，和克羅姆一起跳下地面。
「好，就跟他們一個一個殺。召喚出來的士兵我來引，妳負責玩家。」
「【武者之臂】！【血刀】！」
「【幽鎧．堅牢】！」
不這樣做，敵人的數量不會減少。召喚物難以接受細微指示，克羅姆有自信應付這麼一大群。
他裝上防禦型態的涅庫羅，加入同樣抵擋攻勢的塔盾玩家。霞用經過【硬化】加強防禦的小白衝鋒，在牠頭上揮斬液狀刀刃。

「【心眼】【戰場修羅】！」

霞的視野發生變化，能看見即將飛來的攻擊。做這麼蠻幹的隻身突襲，當然會被對方集火。但只要能事先看見攻擊的軌道，霞就能確實操縱小白迴避。

「【龍捲風】！」

「【擴大範圍】【火槍術】！」

「【第一式·陽炎】！」

事先察知攻擊的霞，在敵人面前以瞬間移動閃躲，再配合兩側的武者之臂予以痛擊。

「唔，可惡……」

「【第一式·陽炎】！」

這裡有這麼多玩家，很難判斷霞的目標會是誰。面對以【戰場修羅】消除冷卻時間連續瞬移，冷不防出現在眼前的霞，玩家們一個又一個地成為她刀下亡魂。

「太、太誇張了吧！」

「加強防禦！先撐過去再說！」

「【劍山】！」

以第一式瞬移並砍倒一人後，霞當場反刀往地面一插。

剎那間，【血刀】般的紅色液體在地面呈圓形擴散，從中刺出大量紫刀，刺穿周圍玩家。

妖刀的技能是有代價的。儘管如此，用能力值暫時降低換取這一擊還是划算。

「竟然還能這樣……！」

「蛇也來了，重整隊形！」

被不只是快的特殊機動力殺得七葷八素時，召喚士兵那裡噴出大把火焰。

「【幽火放射】【嘲諷】！喂，這些東西殺不死我！你們放心往玩家那衝！」

「知道了！」

「謝謝！」

有克羅姆吸引士兵，空出手來的前鋒們紛紛保護法師重整旗鼓。

「【活性化】【反射衝擊】！」

「【團隊治療】！」

「太好了，謝謝！」

克羅姆以盾牌適切地防守，用多種補血技能維持ＨＰ。見到克羅姆扛住士兵，後面有更多治療法術飛來。

沒錯，這次不止有【大楓樹】在戰鬥。戰場上自己不足的部分，會有眾多友軍來補。

「希望大家都能順利……啊，沒時間多想了啦！」

克羅姆相信其他【大楓樹】都能成功救援，專注於眼前的敵人。

地點來到另一邊，伊茲和奏也抵達戰場。

「湊，謝啦。讓我們這麼快就到。」

變成小白的湊因時間到而解除【擬態】，恢復成原來的史萊姆。光是能彌補伊茲和奏比較差的移動能力，就十分足夠了。

兩人很難像霞和克羅姆那樣在前線大打出手，便在戰場後方找個位置支援。

「我們也擺幾道護壁出來吧。」

「是啊，要對抗馬克斯的陷阱。」

目前是只有敵方有遮蔽物和無止境的兵員補充，使得魔法攻擊傷害不比對方。

「我給你幾個路障。」

「嗯，用力放吧。」

奏和伊茲分工合作，要將戰場變得對己方有利。幾個人見到他們在做防禦工事，知道這需要優先處理，紛紛過來幫忙。

「我對強度有自信，適當放在必要的地方就好了。」

「ＯＫ，謝謝！」

危險時有地方躲藏，就能節省防禦技能了。

「菲，【道具強化】！」

伊茲取出幾種藥水給菲強化。效果當然是強效強化。

「【廣域散布】！」

然後再加大道具的效果範圍，對整個區域施加多種強化。從提升能力值到減傷、持續補血，各式各樣。來自貴重道具的強化，甚至能與稀有魔法或技能媲美。

「我去幫忙防禦嘍。【大型魔法屏障】！【威力衰減】！」

奏也參與防禦。路障的減傷和強化效果的持續回血，讓他們的恢復逐漸大於損傷，原處於劣勢的己方全體HP狀況獲得改善。

強化完成後，接下來就是削弱敵方了。伊茲將砲彈塞進設置好的大砲裡。

裡面不是一般砲彈，而是一著地就會散布黑霧，給予增加受傷和降低補血量的負面效果。

「奏！能停住對面的動作嗎？」

「看我的。【重力操控】！」

奏用雛田也會的技能浮上空中，飛向前線。

「【大地的束縛】！【緩慢力場】！」

「唔喔喔喔！怎、怎麼了！」

「我、我的腳！」

到處傳來錯愕與慌亂的叫喊。

奏和伊茲是悄悄來到後方參戰，對方還不知道他們的存在。

突如其來的技能扭曲了空間，腳掌陷入地面無法移動。

如果有人會這種技能，原先戰場上的人早該放了。現在才遇到這種事，使敵方發生不小的混亂。

這也是當然的，因為奏之前都不在這裡。

伊茲見到空中出現奏的技能特效，也啟動了場上的大砲。

「我來嘍！」

砲彈在敵陣連連砸出轟隆巨響和慘叫。

在兩人強化己方且削弱敵方下，雙方能力轉眼就拉開了差距。即使敵方有無窮資源，戰況也逐漸好轉。總體戰力提升就是這麼回事。

戰況從不利回到對等。克羅姆和霞，伊茲和奏四人達成任務時，結衣和麻衣也來到另一處戰場。

那是到處有可破壞岩石掩體的區域。儘管岩石經過一定時間就會重生，要是戰況激烈，還是會被夷為平地。

在機械士兵推擠和魔法的破壞下，玩家們暴露在魔法之雨中苦戰時，兩人從後方喊：

「各位！」

「請問我們應該怎麼幫忙……！」

「……喂！」

「好！我知道！」

「不可以再這樣下去了！」

幾個像是公會會長的玩家一見到她們就迅速取得共識，放技能逼退敵人，堆疊護壁讓倖存者都聚到她們周圍。

「妳們是麻衣跟結衣吧，可以直接打嗎？」

「「可以！」」

「不能讓這個只有我們死人的狀況繼續下去。妳們放手去打吧，我們會全力支援的！」

「「知道了！」」

兩人騎上雪見和月見，雙手各舉一把必殺巨鎚，空中也各有四把。之前那些鐵球支援，並不適合這裡。

想突破這狀況，需要的是更為直接且對方無法應付的致命破壞力。

「「【決戰態勢】！」」

結衣和麻衣武器發出紅光。遍體鱗傷的塔盾手衝到她們前方掩護。她們能夠正面揍扁團征魔王的攻擊力，對在場所有人無異是天上照下來的希望之光。

沒錯，所有人都知道她們值得自己賭命去保護。

「殺殺殺！別讓人接近她們！」

「【紅蓮波】！」

「【巨浪術】！」

敵方也是一樣。在巨鎚的攻擊範圍內，任何花招都不具意義。鐵球就不提了，她們實際揮舞武器所散發出的無比壓迫感，使原本充滿勝利氣氛的敵陣一口氣緊張起來。

「「【掩護】！」」

面對直逼而來的水與火，沒能以盾牌完全抵擋的塔盾手一個個倒下，消滅。

「上啊！不要停！」

「我們也不能一直挨打！」

都決定要賭在她們身上了。如果要停，就只有蹂躪了所有敵人，或己方死到無法保護她們的時候。

「【不可侵之壁】！」

結衣和麻衣藉護壁彈開來自上方的魔法，來到空殼士兵的面前了。

「「呀啊！」」

以【拯救之手】揮出巨鎚的瞬間，其路線上的一切全都消失得無影無蹤，只留下紅色軌跡。她們不停地將眼前士兵變成了光，就像打掃灰塵一樣輕而易舉地直線前進。

「怪物啊……！」

「想辦法擋住！【箭雨】！」

「【連續魔法】！」

在場所有人都親身體會到她們究竟有多麼誇張。

在計畫階段就已經再三提醒過，不要接近她們，碰都不要碰。

「【多重掩護】！唔，衝過去！」

「「【防護】！」」

【大楓樹】只派她們倆過來的原因就在這裡。哪怕克羅姆不在，也一定有人願意保護她們。既然要分散，火力高的分法離勝利最近。

「謝謝大家！」

「結衣，要上嘍！」

強行突破大批士兵後，兩人的獠牙終於觸及其後的前鋒。為用上所有巨鎚，她們跳下雪見和月見。

「「【快速換裝】！」」

都在攻擊範圍之內。她們將雪見和月見收回戒指，再補兩把巨鎚。這樣一次可以打八個人。

「「【雙重衝擊】！」」

「「【精靈聖光】！」」

「「【守護之光】！」」

拿盾來擋也不管，連盾一起砸碎就行了。於是人們紛紛用起免傷技能，或用【不屈衛士】等生存技能對付。

沒有這種技能的人，全都像空氣一樣消滅。使用免傷技能的人，巨鎚一樣招呼他們。

「唔！喔喔？」

「什麼！」

使用免傷技能的結果，和她們將梅普露敲上天空時一樣。

也就是全都高速飛上了天。能不能安全降落，就很難說了。

「啊、啊啊……！」

目擊此等威力的敵方玩家都不敢相信這超乎想像的畫面，臉色發白。

這時結衣和麻衣仍繼續揮舞巨鎚。嗚呼哀哉，普通攻擊沒有冷卻時間，應該是眾所皆知的常識啊。說起來，需要用無敵狀態抵擋普通攻擊就已經夠扯的了。

「打穿防線！砍倒她們！打中一下就行了！」

「守住！敵人愈死愈多了！」

各種魔法紛紛飛來。在護壁與人牆中央，享有所有防禦資源的兩名少女跳舞似的揮動巨鎚。

每次擦過，就有人爆炸。每次抵擋，就有人飛到地平線外。

宛如無情的風暴，旋轉著粉碎路上的一切。

進攻。進攻。結衣和麻衣化為進攻二字，全力殲敵。

無數敵我犧牲性命到最後，只剩下幾名玩家和不停湧出的士兵了。

或許有人中途逃跑，但至少這裡現在已經沒有會動的敵方玩家。

「對不起！讓大家這麼保護我們……」

「如果能早一點打完的話……」

「別這麼說，不太可能再快了。」

「哈哈，能打成這樣，替妳們擋刀也真值得。」

「其實一開始就快要全滅了啦。」

「啊，早點回去會合吧，那些士兵好像不會停的樣子。要繼續跟我們走嗎？」

「「好！」」

都殲滅敵方玩家了，再被士兵打倒臉就丟光了。在倖存玩家的慎重保護下，結衣和麻衣遠離了不停召喚出來的士兵。

雖然【大楓樹】已經到各處救急，光是這樣還是忙不過來。莉莉和馬克斯的裝置範圍很廣，從整個地圖來看，被壓制的部分還是占多數。

而主戰場這邊，同樣也打得昏天暗地。

馬克斯的柱子已幾乎損毀殆盡，破閘而出的巨大異形踩碎源源不絕的士兵，攻擊玩家。

不過一波波的火焰與槍彈也消滅了梅普露率領的怪物，讓排山倒海的士兵得以往培因他們湧去。

「【靈騷】！」

梅普露將【機械神】的光束固定於空中，揮劍般瘋狂掃動好幾道超粗光束。

光束燒毀士兵，怪物又從其縫隙湧上去。

「大家都很成功的樣子！」

「……那我走嘍！」

培因接到來自莎莉的【大楓樹】戰果報告後，認為推進的時候到了。

再繼續向前，雙方都難以避免更進一步的犧牲，撤退也更費工夫。雖說打贏就行，但在他處遭到激烈反擊的狀況下，他需要更多籌碼來平衡這樣的風險。【大楓樹】防衛成功的消息，他已經盼好久了。

「【全體掃射】。」

「【蒼炎】！」

無限湧出的士兵後方，莉莉召喚持槍士兵灑子彈，蜜伊的火焰焚燒一切。

當火焰與彈幕一停，梅普露等人一口氣殺了出去。

「芙蕾德麗卡！」

「好好好～！莎莉妳看好嘍～！這是我的壓箱寶！【瑪那之海】！」

芙蕾德麗卡周圍飛散出絢爛特效。莎莉還以為就這樣而已，不過芙蕾德麗卡法杖指向前方發動魔法時，便理解了她保留這招的原因。

「【超多重炎彈】！音符，【輪唱】！」

她背後大量浮現多到數不清的紅色魔法陣，往敵陣傾洩比梅普露的【機械神】彈幕還誇張的炎彈，甚至讓人感覺【多重炎彈】是在打混。

「【超多重水彈】【超多重風刃】！」

「咦，她是MP無限嗎……？」

配合音符的技能，芙蕾德麗卡就像施放基礎魔法一樣打出極大量高級魔法。而且這樣還耗不盡她的MP，莎莉立刻明白這就是【瑪那之海】的效果。

「這不是說用就能用的吧。」

「沒錯，所以要用來強推！」

若能隨便用，一開始就該用了。沒這麼做，即是因為這是她口中的壓箱寶，不能隨便用掉的絕招。

「各位！集合！」

每波新湧出的士兵都被芙蕾德麗卡的魔法消滅。於是梅普露召集剩餘異形，要配合這波強烈攻勢集中攻打【一夜城】。

「【甦醒】！」

「【水道】！」

培因騎上雷依，避開淹滿異形的地面，莎莉則由水道往上。

兩邊都處在對方的攻擊範圍內。玩家【ＡＧＩ】愈高，就能愈快接近。

「雷依，【流星】【全魔力解放】【光之奔流】！」

培因與閃耀的雷依直線飛向【一夜城】。他知道【一夜城】是一種陷阱，用全力攻擊將敵軍連城一起毀掉就行了。

「【聖龍光劍】！」

「【傀儡城牆】！」

無限湧出的士兵分解成光，重新塑造為堡壘前的牆。

但經過雷依強化的培因直接擊穿城牆且摧毀【一夜城】，將裡頭的蜜伊和馬克斯轟

了出去。

「沒那麼容易……伊葛妮絲！啊！」

正當蜜伊準備反擊，莎莉從培因背後的水中跳出，要劈下同樣光輝的長劍。

「再吃一發看看啊！」

「什麼！」

當蜜伊和莉莉都不敢置信地看開眼時，劍上光輝愈發熾烈。

「【聖龍光劍】！」

「【天使之護】！」

隨後是強烈的光之奔流。

看起來和培因的攻擊一模一樣，米瑟莉便使出了能消滅範圍內所有攻擊的技能。強大效果自然附帶了嚴苛條件，這同樣也是祕密武器。

然而光沒有消滅，繼續往他們衝來。

「怎麼會！」

「啊！為什……」

「伊葛妮絲！」

伊葛妮絲以腳爪倉皇抓起疑惑的馬克斯和米瑟莉，替他們承受傷害並往空中避難。

而莎莉的攻擊雖命中了掩護他們的伊葛妮絲，牠卻好端端地飛上了天空。

「伊葛妮絲沒受傷……幻覺嗎！」

莉莉和威爾巴特也確認周圍沒受損，想到有這種可能。

回想起莎莉的技能，的確有幾個可能做到這種事。

「馬克斯、米瑟莉，準備反擊！」

蜜伊安全落地後，先確定培因是否繼續追擊。

「ＯＫ。梅普露，拜託啦。」

碰巧，在莎莉請梅普露幫忙那一刻，蜜伊也注意到了對方的存在。

前方。梅普露坐在浮在空中的大烏龜上，一隻手向前伸。身旁飄浮著迸發藍色電光的巨大黑色筒狀物，似乎在補強【機械神】的光束武器，並且指向他們。

發現那是大砲時已經太遲。

「【古代兵器】！【開始攻擊】！」

梅普露宣告一出，砲上的紅藍電光頓時強烈得連遠處也能清楚看見，然後一口氣釋放出它的能量。

過去的對戰讓他們知道，他們撐不過那足以將伊葛妮絲和所有人淹沒的巨大砲火。

「唔！」

「天上不能放陷阱啊……！」

米瑟莉冷靜地掌握狀況，在情況惡化到最糟前下了決定。

「鈴鈴，【甦醒】！【最後的祈禱】。」

米瑟莉叫出了她的魔寵。只有被動技能的鈴鈴，在活動前學會了唯一的主動技能。這會犧牲魔寵與其主人，大範圍散布無敵與補血，是名副其實的最後的祈禱。

不能在更有效的情況下使用雖令人抱憾，但總比沒用就死來得好。

「米瑟莉！」

「不、不好吧……可是……」

技能一經宣告就無法收回，況且他們也知道已經別無選擇。光束吞沒了她們三人，沒有造成傷害。蜜伊把握時機脫逃，米瑟莉逐漸消失。

「蜜伊、馬克斯，要加油喔。」

如今強力補血隨米瑟莉陣亡而消失，狀況會更惡化，不過梅普露召喚的怪物也死得差不多了。

莉莉還在，讓蜜伊覺得自己仍有優勢，來到與培因保持距離的莉莉身邊問她是否有意追擊。

「追擊嘛……」

正要開始談時，前方──莎莉騎在雷依背上，還帶著機械神的光束武器，以及迸發藍色電光的巨大火砲，且全都指著她們。與梅普露先前的攻擊是同樣的東西。

「芙蕾德麗卡！」

「【多重全轉移】！」

異常大量的強化效果集中於莎莉一身，攻擊威力和射程都跳了好幾倍。

「如果以為是幻覺……就自己試試看啊！」

蜜伊的動作頓了一下。究竟是幻覺還是實體，目前資訊不足以做出結論。這猶疑使她閃躲還是忽視的判斷有所延誤。

「莉莉！」

「看得出來就不用忙了！抱歉了蜜伊，沒時間了。【變換陣形】！」

「【古代兵器】！【開始攻擊】！」

莎莉擊出的藍光更勝空中的梅普露，淹沒地面轟然擴散。

查看敵人如何躲避之餘，莎莉望著那奔過地面的幻光逐漸消逝。

「準備防守！用夾擊的方式去組織！」

培因也以此為信下令撤退。追擊只會使據點遭遇無謂的危險。

這場雙方陣營在整體戰場都出現大量死傷的正面衝突，就在這裡暫告一段落。遍布深刻戰痕的戰場，正默默訴說戰況的激烈。

【變換陣形】效果與梅普露的【方舟】類似，能移動範圍內玩家的位置。莉莉這一招成功讓大量玩家躲到了後方。

「莉莉，謝謝妳。得救了。」

「嗯？喔，不好意思，我擅自下令撤退了。」

「現在都還不知道那是幻覺還是真正的攻擊，先躲掉比較安全沒錯。」

「希望下次認真打起來之前，我能跟威爾先調查清楚。我也不想這麼依賴威爾的眼睛，但總比親身測試來得好。」

要是說出「原來是真的，我死了」這種話未免太丟人。為了避免發生憾事，還是讓威爾巴特看清楚比較好。

「士兵的時間快到了，馬克斯的陷阱也差不多了吧。」

「嗯。要在必要的地方重裝一遍吧……」

玩家數量比一開始少了很多。接下來不止會有大型戰鬥，埋伏和奇兵等小型會戰也會變多。

「天要黑了。在那之前多砍一點人數吧。」

「好的。威爾的夜視能力也很強。」

「蜜伊太顯眼，負責防守吧……」

「……也好。」

火焰在夜晚格外醒目，再說蜜伊的戰鬥方式本來就不引人注意也難。再加上伊葛妮絲同樣招搖，實在不適合暗中行動。

「對面也不打算追擊的樣子。啊，國王的攻擊也拖到他們了吧？」

望著遠處天空的魔法陣，以及從中傾注而下的大量魔法，莉莉為己方沒有追擊鬆了口氣。

「還是會累嗎？」

「還好啦。」

「嗯……承受不起的攻擊有點多耶。」

「就是啊。一個失誤就要被一波帶走了。」

或許再加把勁就行了。先前的戰鬥，有不少令人不甘的部分。

然而在這個技能千百種的遊戲裡，有許多絕招性質的強力技能，無法預測也是沒辦法的事。

「只能想辦法不要被同一招撂倒了。啊，她們兩個也回來了嗎？」

灑落魔法的空中雷鳴一響，薇爾貝帶著電光墜落，貼近地面時藉雛田的技能急劇減速安然著地。

「情況怎麼樣！」

「米瑟莉不幸陣亡了。我們也打倒很多，不過【聖劍集結】和【大楓樹】在那以後應該是沒有再死人了。」

「唔唔，這樣啊……」

「對不起。我知道妳一直很想打大混戰，不過派妳出去是作戰需要。」

「這也是沒辦法的啦！太任性對其他公會也不好嘛！」

「是沒錯。只是後來發生很多事，現在想想真的該把妳留下來的。」

「咦咦！這邊這麼好玩嗎！」

「好玩啊……」

「對薇爾貝來說……會很好玩吧。」

「就是啊。」

六人邊檢討邊往王城走。

「對了對了，妳那邊作戰有成功嗎？」

「非常成功！路上的敵人也都幹掉了！」

「太好了，這樣硬撐著減少損害就值得了。」

假如薇爾貝和雛田當時也在那個戰場上，狀況或許就不一樣了。基於重點作戰需要而派出她們，是六人都有的共識。

種子埋下去了，接下來只要等時機成熟。

「我先休息一下喔。」

「好，我們來準備夜間突襲。」

長時間流連戰場，使疲勞累積得很快。適度的休息，是維持水準所不可或缺。

望著遠處的王城，六人感到自己遠離了戰場，安心地放鬆肩膀。

◆□◆□◆□◆□◆

觀戰區這邊。大型戰鬥結束後，有人看得滿足而回到正常野外，有人在整理從戰鬥中汲取的情報，各有各的行動。整體瀰漫著過了一個大關的平緩氣氛。

人群中最顯眼的，即是在前次大戰中脫離戰線，原先敵對卻正在聊天的辛恩和米瑟莉、絕德和多拉古兩組。

「哎呀，想不到米瑟莉都活不下來……」

「對不起。如果能把鈴鈴的技能用得更好就好了。」

「沒辦法，是對方太強了。」

「看來場上的人打得滿不錯的嘛。能把米瑟莉的全體無敵浪費掉，不少是運氣成分就是了。」

「唔~我也好想留下來喔！」

「話說啊，莎莉是不是怪怪的？不止會用梅普露的技能，連培因跟霞的都會耶。」

辛恩往多拉古和絕德看，希望同陣營的他們會知道些什麼。

「不知道，芙蕾德麗卡什麼都沒說。這方面莎莉自己沒分享出來吧。」

「這可是真的喔。」

辛恩看他們沒說謊，回顧自己的記憶來考察。同樣因此陣亡的米瑟莉也很感興趣。

「她看起來沒換裝備，真的有用出來嗎……還是其他的技能？」

「那時候是聖劍系列的技能吧？嗯～既然會培因的一招，其他應該也會才對……可是不會有這種事吧？」

「實在是很難想像……有點一廂情願就是了。」

名稱中有【聖劍】的技能不會是獨立技能。基於這點，兩人開始往獨特套裝的方向想。

她還用過只有梅普露會用的【機械神】，以及只有霞會用的【最初式・虛】。這些玩家和技能極為稀少，背後肯定有某種特殊機制。

「如果說她真的能用，以後就不知道該怎麼下手了耶……」

莎莉本身的技術本來就已經比其他頂尖玩家高出不少了，就算沒有技能，她一樣是個怪物。因為這個緣故，每當她拿到一個強力技能，威脅程度就三級跳。

「辛恩，你再來要做什麼？」

「我要繼續看！那真的太讓人在意了！多拉古、絕德，你們呢？」

「好哇！反正出去也打不到多少經驗，不如留下來看比較賺！」

離開時間加速空間，回到現實世界後，其他人很快就會因為活動結束而出來。要是

還不累，留在裡面觀戰能得到更多情報。

「所謂旁觀者清，這樣觀戰能看出比較多東西吧。」

絕德和多拉古也決定留下來看。

「下次戰鬥是夜戰了吧。」

「速度型的刺客一定會玩得很高興。唔～絕德還活著就好了～」

「算是【thunder storm】先預料到這點跑來堵我的作戰勝利吧。」

「呃……要這樣說的話，我想她應該沒想那麼多。雛田就不一定了。」

「……這個嘛，是不能否定啦。」

辛恩回想著【炎帝之國】等公會的開會情境，不禁苦笑。

「只要培因最後能拿下勝利，我就沒什麼好說的了。」

「希望蜜伊也能多加油。」

「我這吃的喝的都有，只是看也沒意思吧！」

「喔喔！不錯喔！我好像也有一點……」

「芙蕾德麗卡包包裡感覺很多零嘴。」

「那我們就找個桌子坐吧。」

「好，沒問題。」

四人就此移動到同樣能看見畫面的桌位。

其他玩家也都有盡可能蒐集情報、聲援同伴的想法。四人在桌位邊聊邊看，祈禱下一個淘汰者不是自己陣營的主力。

梅普露和莎莉回到王城後重新清點倖存者人數。這資訊只能在王城查看，所以在祈禱【大楓樹】所有人平安無事的同時，也以陣營角度重新掌握現況。陣亡而傳送到觀戰區的人顯示方式會改變，一目瞭然。

「嗯，大家都還活著。」

「太好了～分開就完全不知道狀況怎樣，我好緊張喔。」

「如果路上沒別的事，再過不久就會回來了吧。」

等了一會兒，【大楓樹】的六人分別從不同方向回來了。

雖然時間應該沒過多久，卻有久別重逢的感覺，表示戰況就是如此緊張。

「喔～太好了。麻衣、結衣，都沒事啊！」

「沒事！」

「因為大家盡全力在保護我們……」

「只要結果對得起他們，妳們大可為自己驕傲喔。保護妳們的人應該也都是這樣想。」

「我和伊茲大概是互相削人數就沒了的感覺吧。」

「是啊。DEBUFF一不小心就被解光了，好哀傷喔～」

解除敵方強化效果的方法雖不多，解除己方削弱效果的方法就反過來了，主要是集中在光魔法系統。

在奏與伊茲穩住自軍陣腳的幫助下，雖然不至於把敵軍殺回去，但紮實地擋住了對方攻勢。

「我那邊就是霞瞬間移動放到爽，不過擊殺數其實沒有很多。而且一開始就是被壓著打的感覺，數量差距還是有點影響。」

「【心眼】效果結束以後也不能太衝。如果可以再大膽一點就好了……」

「拜託，妳已經夠大膽了吧。」克羅姆苦笑，其他人聽了他的敘述，也表示贊同。

克羅姆、霞、伊茲和奏四人，都避免戰場受到毀滅性破壞。沒有這些援手，會有大量玩家陣亡，成果非常巨大。

「那麻衣跟結衣那邊呢？」

「聽她們剛才說，好像到最前面去打了。」

「對！」

「我們……」

結衣和麻衣將戰場上發生的事說給梅普露幾個聽。若只論戰果，就是敵方全滅這麼

一句話。

「這、這樣啊，該說果然厲害吧。」

「不只是鐵球可怕，拿出真本事更恐怖呢……」

「等等，拿鐵球當武器就夠奇怪了吧，嗯。」

「如果全都是用巨鎚幹掉的，鐵球就補得回來了。」

這次活動，她們在後方支援就很足夠。拿近戰武器卻以扔鐵球為主，說起來也真夠奇怪。但真要揹起敵人來，這也是理所當然。

「好厲害喔～！超棒的啦！」

「嗯。而且能夠勇敢攻擊敵人也很棒。」

「真、真的都是託了跟我們一起打的那些人的福啦……」

「給了我們很大的力量呢！」

算是遇到互相需要的玩家了吧。兩人也為自己達成任務鬆了口氣，顯得有點累了。

「總之先休息吧。以防萬一，離城近一點比較好。」

「對，近一點吧。敵人的目標也是寶座，待在城堡附近的話，不管發生什麼事都來得及過去防守。」

大家都沒異議，【大楓樹】便往王城移動。

「也要找時間把用掉的道具補一補吧，城鎮的功能有保留。需要我做的道具就說一聲喔。」

「啊～去救場的時候用了不少『禁藥種子』，藥水也來一些。」

「一定要注意，不要緊急的時候才發現沒有嘍。」

「武器的耐用度怎麼樣？我是不用管這個，我們大部分好像也沒在注意這個。」

「那麼……」

「我們先請妳修理一下！」

「沒問題。」

結衣和麻衣的武器是伊茲的製品，用久了耐用度自然會降低。

伊茲為她們從頭到尾精心特製的十六把巨鎚，性能全都是商店賣的無法比擬。當然，重新製作相同武器太花工夫，最好是不要粗心弄壞。

接下來要做的事，就這麼一個個定下。暫時遠離戰場，得以調整狀態的【大楓樹】和樂地對話，回報至今的戰鬥心得，討論此後的打算，以及各自好奇的事。

在不知何時又需要分頭行動的狀況下，有資訊忘了分享就不好了，所以他們比平時還要用心地說明。

「既然梅普露會擔心，嗯～我就好好休息吧。」

莎莉邊走邊伸懶腰，活絡筋骨。

「對呀～而且城堡裡還會做菜給我們吃，很好休息！」

「妳已經吃過啦？」

「我現在道具欄裡就有，好大一塊肉喔！」

「那也算……菜嗎？」

聽了梅普露舉的例，莎莉為其狂野風格瞪大了眼。但想到這裡國王的樣子，也覺得這樣或許比較自然。

「應該還有很多啦！」

「那就來期待比伊茲姊做的菜更厲害的東西吧。」

「咦～？嗯……真的會有嗎……」

這恐怕就很難了。梅普露認真回想菜色，八人一起走向王城。戰士也是需要休息的。

芙蕾德麗卡目送他們離去，等培因對【聖劍集結】下完必要指示後跟他說：

「多拉古和絕德不在以後，有一些戰術需要改訂吧～」

「是啊。不過問題還是那個技能……」

兩人會陣亡，是因為遭到雛田技能的強制隔離。

「我想，闖誰進去是雛田選的吧。」

「嗯，應該是這樣沒錯～其實要是我被選到，我恐怕也撐不住。好討厭喔～」

能夠自由選擇在場玩家最容易戰勝的組合隔離，威脅性實在很高。例如【大楓樹】的伊茲、麻衣、結衣被關進去，恐怕很難活著出來。而且目前還不知道是否有方法抗拒這個效果。

「只能先盡量遠離她們了。」

「薇爾貝和雛田的技能又大又猛。只能早點找出她們，保持好距離了吧。」

能試的還很多，或許有方法可以免除那種技能的效果，但也沒機會嘗試。

「晚上怎麼辦～？原本要帶頭的絕德掛掉了耶。」

「我想跟【大楓樹】商量以後再作決定。」

「啊～好像可以換成莎莉耶～」

有些玩家更適合在黑夜中戰鬥。

在氣氛應將有所改變的野外，仍會有一定數量的玩家。為了不讓對方為所欲為，雙方都必須派人留守。

「啊，對了～絕德的『信』回來了，你要看嗎？」

「先看一看再說。這個信嘛……也給莎莉看看好了，妳說呢？」

「莎莉應該會用得更好吧。嗯，遵命！」

「麻煩妳了。」

培因在所謂的信轉交給莎莉前先看一遍，點頭表示理解。信上是對他們有利的情

報。

「果然每個人都有絕招呢。」

「就是啊～雖然我們已經很努力在蒐集情報了，很多真正強的技能也要實戰過才會知道嘛～」

每個人都是在戰況吃緊時才會打出絕招，平常自然是難以得見。像芙蕾德麗卡沒事也不會亂用【超多重魔法】，就是這麼回事。

「應對能力提升了……能順利打贏就好了。」

「啊哈哈～不要因為他們掛了就這麼沒信心嘛～？你可是背負著大家最高的期待喔～？」

不僅是【聖劍集結】成員，其他公會肯定也對他寄託了不少希望。

情況艱困時，將期待放在從第一次活動就屹立於強者之列的他身上，也是無可厚非的事。

「嗯，我知道啊。我會回報這份期待，帶領大家邁向勝利的。」

「嗯嗯，請保持下去喔。那麼，我去【大楓樹】那邊嘍～」

「有事會密妳。」

「我也會的～」

話說完之後，培因目送芙蕾德麗卡走向王城。

「好了，該從哪裡著手呢。」

少了多拉古，阻擋敵人接近與攻擊的技能少了很多。少了絕德，就失去了能迅速保護多數人不受敵襲的寶貴技能。帶大隊戰鬥的風險提高不少。

「不太會專攻敵人弱點，就是我的弱點吧。」

現在緣木求魚也於事無補。不是該準備替代品，就是重新編排少了那些技能也能奮戰的戰術。為了勝利，培因要好好想想接下來該怎麼打。

◆□◆□◆□◆□◆

因大規模戰鬥結束而得以喘息的不只有玩家，遊戲管理員也是。

「都沒問題吧？」

「對，沒問題的樣子。」

「呼……太好了。」

「魔寵、布置的道具、技能……等，該留在地圖上的確定都正常留下，也都能正常啟動。」

「很好。」

活動區域到處是眾多玩家放的道具陷阱，能安全行走的地方愈來愈少。在某些情況

下，有危險效果的區域反而比較安全。

「剛那場戰鬥還真大。」

「是啊，應該的。」

「話說大家的技能都用得很好耶。」

「的確有不少玩家找出我們沒想到或更有效的用法。像不幸陣亡的辛恩拿【崩劍】來飛的時候，我真的嚇了一跳。」

「可以這樣喔？」

「呃……沒天分的人來做，恐怕練再久都練不精吧。再說【崩劍】本身就是操作起來容易手忙腳亂的技能。」

一名管理員點頭感嘆，真的有些角度是不停反覆使用同一個技能戰鬥的玩家才會看見。

「天要黑了呢。」

「是啊。在第四次活動，夜晚時段的戰況就變得特別激烈……」

可是這次內容和狀況相差不少，難以預測會如何發展。雙方在先前戰鬥中都受了不小損傷，究竟會如何度過夜晚時段，頗受管理員的矚目。

「還是會緊張耶。」

「感覺滿有可能繼續進攻的。」

「的確是很可能。不過現在沒有哪一邊戰力損失得太嚴重，恐怕是不會有太大膽的行動……」

「玩家減少真的滿有影響的吧。危險度低的地方戒備變得薄弱，守在王城的戰力也減少了。」

目前王城完全沒有戰鬥，枯等也是枉然。在死一次就結束了的狀況下，沒必要硬搶寶座，且失敗沒有任何好處，沒人想亂來。換句話說，派愈多人守城，對人已經不夠的前線愈不利。派他們出擊是很自然的結果。

「要是人繼續減少下去……」

「嗯，也不是不可能。有好幾個很難擋的玩家。」

結局究竟會是如何呢，遊戲管理員也無法預料。現在只能留下日後方便剪輯成精彩時刻的戰鬥影片，仔細檢查遊戲是否正常運作。

前半戰，在互相試探中開始。

戰況逐漸激烈，人人都證明自己比前次ＰＶＰ活動成長許多。

後來爆發的正面大戰，以平分秋色告終。

犧牲愈來愈多，但戰鬥仍未結束。這次戰鬥成了一場大混戰，肯定對雙方都很緊迫。有需要盡可能休息，將身心都調整為最佳狀態。

就這樣，活動中第一個夜晚來臨了。有人暗中行動，有人勇於正面進攻。各方都在事先努力思考戰略，這段夜晚就是如此重要。先有大動作的究竟會是哪方陣營呢。能確定的只有戰鬥風格將依然豐富，且所有人都會向勝利邁進。

黑暗籠罩活動區域，整個地圖瀰漫著不同於白天的緊張。黑夜中的攻防，眼看著就要爆發。

後記

一時興起而捧起第十四集的讀者，幸會。一路看到這裡的讀者，請接受我無比的感謝。大家好，我是夕蜜柑。

《防點滿》來到十四集，久違了的ＰＶＰ開始了。體驗技能滿天飛的戰鬥，在寬廣無際的世界到處冒險，一直是我的夢想，真希望這天能趕快來到。真的好羨慕梅普露他們喔。

關於ＴＶ動畫，請大家再稍等一會兒。我也很期待將梅普露他們開心冒險的樣子呈獻到大家面前。這部作品能寫這麼久，真的是動筆第一天作夢也想不到的事。為了回報給我這份幸福的眾多讀者，我會讓這段冒險繼續下去。

那麼，敬請期待ＴＶ動畫喔。開播那時我們就一起慶祝吧！期盼我們在未來的第十五集再會！

夕蜜柑

©Matsuri Isora, Nanna Fujimi 2022 / KADOKAWA CORPORATION

Silent Witch 沉默魔女的祕密 1~3 待續

Kadokawa Fantastic Novels

作者：依空まつり　插畫：藤実なんな

參加棋藝大會比賽的莫妮卡將棋逢舊友!!
她的假身分即將被揭穿!?

三大名校舉辦棋藝大會，莫妮卡的母校米妮瓦亦將參賽。棋逢舊友的莫妮卡卯足全力變裝，然而……「看來我，虛假的校園生活……就要這樣，畫下句點了。」即使祕密有曝光之虞，極祕任務仍必須執行！無詠唱魔女要將趁虛而入的惡意徹底擊碎！

各 **NT$220~280/HK$73~93**

©Mizuho Itsuki, fuumi 2020 / KADOKAWA CORPORATION

菜鳥鍊金術師開店營業中 1~3 待續

Kadokawa Fantastic Novels

作者：いつきみずほ　插畫：ふーみ

艾莉絲為了老家債務被迫接受策略婚姻!?
靠火蜥蜴還清負債大作戰即將展開！

艾莉絲的父親在扛著不少負債的情況下突然登門拜訪。原來艾莉絲很可能得為了還清這筆債，被迫接受策略婚姻。除非湊齊一大筆錢，就可以避免這件事發生。於是，珊樂莎一行人立刻前往大樹海收集火蜥蜴的鍊金材料，試圖在短時間內賺大錢——

各 **NT$250/HK$83**

國家圖書館出版品預行編目資料

怕痛的我,把防禦力點滿就對了/夕蜜柑作 ; 吳松諺譯. -- 初版. -- 臺北市 : 臺灣角川股份有限公司, 2023.02-
冊 ; 公分. -- (Kadokawa fantastic novels)
譯自 : 痛いのは嫌なので防御力に極振りしたいと思います。
ISBN 978-626-352-265-7(第14冊 : 平裝)

861.57 111020702

Kadokawa Fantastic Novels

怕痛的我，把防禦力點滿就對了 14

（原著名：痛いのは嫌なので防御力に極振りしたいと思います。14）

2023年2月16日 初版第1刷發行

作者：夕蜜柑
插畫：狐印
譯者：吳松諺
發行人：岩崎剛人
總編輯：蔡佩芬
編輯：黎夢萍
美術設計：黃永漢
印務：李明修（主任）、張加恩（主任）、張凱棋
發行所：台灣角川股份有限公司
地址：104台北市中山區松江路223號3樓
電話：（02）2515-3000
傳真：（02）2515-0033
網址：www.kadokawa.com.tw
劃撥帳戶：台灣角川股份有限公司
劃撥帳號：19487412
法律顧問：有澤法律事務所
製版：巨茂科技印刷有限公司
ISBN：978-626-352-265-7

※版權所有，未經許可，不許轉載。
※本書如有破損、裝訂錯誤，請持購買憑證回原購買處或連同憑證寄回出版社更換。

ITAINO WA IYA NANODE BOGYORYOKU NI KYOKUFURI SHITAITO OMOIMASU.Vol.14
©Yuumikan, Koin 2022
First published in Japan in 2022 by KADOKAWA CORPORATION, Tokyo.
Complex Chinese translation rights arranged with KADOKAWA CORPORATION, Tokyo.